像名侦探一样思考

The Complete Sherlock Holmes

福尔摩斯探案集

持久畅销书

（英）柯南·道尔／著
郑雯雯／编译

红发会案
波希米亚丑闻

企业管理出版
ENTERPRISE MANAGEMENT PUBLI

图书在版编目 (CIP) 数据

红发会案 ; 波希米亚丑闻 / (英) 柯南 · 道尔著 ; 郑雯雯编译 . -- 北京 : 企业管理出版社 , 2014.7

ISBN 978-7-5164-0874-2

Ⅰ . ①红… Ⅱ . ①柯… ②郑… Ⅲ . ①侦探小说－小说集－英国－现代 Ⅳ . ① I561.45

中国版本图书馆 CIP 数据核字 (2014) 第 118837 号

书　　名：红发会案；波希米亚丑闻
作　　者：柯南 · 道尔
编　　译：郑雯雯
责任编辑：徐新欣
本书策划：闫书会
书　　号：ISBN 978-7-5164-0874-2
出版发行：企业管理出版社
地　　址：北京市海淀区紫竹院南路 17 号　　**邮编**：100048
网　　址：http://www.emph.cn
电　　话：总编室（010）68701719
发行部（010）68414644
编辑部（010）68416775
电子信箱：80147@sina.com zbs@emph.cn
印　　刷：三河市腾飞印务有限公司
经　　销：新华书店
规　　格：145×220mm　1/16　12 印张　180 千字
版　　次：2014 年 7 月第 1 版　2014 年 7 月第 1 次印刷
定　　价：29.80 元

QIAN 前言 YAN

“上帝，这是什么意思？”

“这是谋杀，华生……”

在中国小读者的心目中，福尔摩斯是永远的名侦探，福尔摩斯与华生的经典对话已家喻户晓。

为了重现原汁原味的夏洛克·福尔摩斯形象，我们编译了《福尔摩斯探案集》（升级版），将福尔摩斯探案故事最为经典的篇章集结成十个分册，包括《血字的研究》、《四签名》、《归来记》、《巴斯克维尔的猎犬》、《恐怖谷》、《最后的致意》等几十个精彩故事。

作者柯南.道尔（1859—1930）被誉为“英国侦探小说之父”，迄今为止仍是全国世界最畅销侦探小说作家之一。他的作品，合乎逻辑的推理引人入胜，结构设计起伏跌宕，福尔摩斯以及助手华生等人物形象鲜明，故事描述的内容涉及当时英国社会现实生活。对于其艺术成就，英国著名小说家毛姆曾说：“与柯南道尔所写的《福尔摩斯探案全集》相比，没有任何侦探小说曾享有那么大的声誉。”

柯南·道尔塑造的夏洛克·福尔摩斯是在《血字的研究》和《四签名》里初露头角的，那是1897年和1899年之间出版的两本小书。此后问世的一系列短篇故事，头一篇叫做《波希米亚丑闻》，1891年发表在《海滨杂志》上。书出之后，很受读者欢迎，读者要求更多的后续故事。于是自那以后，在近40年时间里断断续续所写的故事，已不下于五十六七，这些故事分别收集在《冒险史》、《回忆录》、《归来记》和《最后致意》《新探案》等续集中。

在编辑《福尔摩斯探案集》（升级版）的过程中，我们刻意筛选了作者原作中的精彩篇章。选编的这些故事结构严谨，环环相扣，情节跌宕离奇，案情引人入胜，再配以经典插图，让你于紧张刺激的阅读中享受直观有趣的视觉冲击，这十册小书可以说是值得收藏的福尔摩斯探案经典版本。

一百多年来，根据福尔摩斯探案故事改编或演绎的艺术作品数不胜数，他们有的是影视作品，有的是漫画作品，这些作品使得福尔摩斯的形象历久弥新。愿我们编辑的这套集子会随着岁月的更迭，能让福尔摩斯的形象更加鲜亮。

本书编译者

2014年7月4日

目录

MU LU

第 三 集

巴斯克维尔的猎犬

冒险史

亨利·巴斯克维尔爵士

早早地我们把早餐桌收拾干净了，福尔摩斯穿着便袍等待约定的会谈。我们的客人都很准时地来赴约了，因为时钟刚刚敲响十点钟莫提默医生就出现了，后面来的是年轻的准男爵。他个头不高，一副精干的模样，棕黑色的眼睛，三十岁上下，身材魁梧高大，眉毛浓黑，面容坚毅好斗，穿着浅红色花呢西服，一副因为常年在户外工作而饱经风霜的样子，不过他眼神成熟，仪态安静稳重，举手投足间都显露出绅士气质。

“这位是亨利·巴斯克维尔爵士，”莫提默医生说。

“噢，是的，”他说，“真是太奇怪了，福尔摩斯先生，就算没有和我这位朋友约好了今早来拜访您，我自己也会来找您的。我知道您专为人排忧解难，今天早晨我就遇到了一件令人困惑的事情。”

“请坐，亨利爵士。你的意思是自来到伦敦后你就遇到了不平常的事情？”

“没什么大事，福尔摩斯先生，很可能是恶作剧。就是这封信，算是一封信吧，今天早晨收到的。”

他把一个信封放在桌子上，我们便都凑过去看。这是个普通的信封，淡灰色，收信地址为“诺森伯兰旅馆，亨利·巴斯克维尔爵士”，字迹拙劣；邮戳是“查林十字街”，邮寄时间是前一晚。

“有谁知道你住在诺桑伯兰旅馆呢？”福尔摩斯问道，眼神犀利地望向我们的访客。

“不可能有人知道。这是我见到了莫提默医生才商量决定的。”

“但是显然莫提默医生已经先去过那儿了？”

“没有，我一直和一个朋友待在一起，”医生说，“我们并没表示要去这个旅馆。”

“嗯，看来有人对你们的行踪非常感兴趣，”他从信封里拿出一张叠成四折的半张大页纸，打开来并把它平放在桌子上。纸中间有一句话，是临时用印刷字粘好的，这样写道：

如果你珍惜自己的生命或者还有理性的话，远离荒原。

其中“荒原”一词是用墨水写的。

“好了，”亨利·巴斯克维尔爵士说，“或许您能告诉我，福尔摩斯先生，这究竟是什么意思；还有，是谁对我的事情这么感兴趣？”

“你对此有什么想法呢，莫提默医生？你该承认这无论如何总不该是超自然事件了吧？”

“不是，先生，但这很有可能是某个相信那件事是超自然事件的人寄来的。”

“什么事？”亨利爵士直接地问道，“看来在座各位先生对我的事情了解得比我自己知道的还多。”

“你走之前我会告诉你的，亨利爵士，我向您保证，”福尔摩斯说，“请允许我们先研究一下这封有意思的信，这可能是昨晚拼起来寄出的。你有昨天的《泰晤士报》吗，华生？”

“在这边角落里。”

“能麻烦你把它拿过来吗——请翻开里面，有头条的那页，”他快速地上下浏览了一遍，“这篇自由贸易的文章，让我来给你们摘录一段：

可能你会被蒙蔽，还以为关税的保护措施会鼓励你们自己的专业贸易或工业，但可以推论，这项立法长远来看会造成国家财富的流失，我们 的进口额的减少，导致岛国人民的生活水平下降。

“你觉得这怎么样，华生？”福尔摩斯一边欣喜地大声说，一边满意地搓着手，“你不觉得这是非常棒的态度吗？”

莫提默医生一副内行的样子，很感兴趣地看着福尔摩斯，而亨利·巴斯克维尔爵士则用疑惑的眼神望着我。

“我并不了解关税之类的东西，”他说，“但我觉得这和我们谈论的这个便条没什么关系。”

“恰恰相反，我觉得我们的思路极为正确，亨利爵士。在座各位中，华生对我的工作方法更为了解些，但恐怕他也没有十分明白这句话的重要性。”

“是，我承认我看不出它们之间有任何联系。”

“可是，华生啊，这中间关系可大着呢，其中一个是来自另一个。看，‘你’‘你们’‘你的’‘生活’‘推论’‘额’‘流失’，你现在还看不出那些字是从哪里剪下的吗？”

“天哪！没错！哎呀，您可太聪明了！”亨利爵士喊道。

“如果还有任何疑问，那么‘远离’这几个词是连在一起剪下的就可以得到证明了。”

“嗯，是这样！”

“福尔摩斯先生，这真出人意料，”莫提默医生惊讶地瞪着我的朋友，“我知道那些字是从报纸上剪下来的，但是您居然知道是哪份，而且还是出自头条新闻，这可是我所遇到的最不可思议的事情之一了。您是怎么知道的？”

“医生，我想你肯定能区别开黑人和爱斯基摩人的头颅吧？”

“那没问题。”

“你是怎么做到的呢？”

“因为那是我的特别爱好。其中的差别是很明显的，不同的前额骨，面部的起伏，上颌骨的曲线，还有——”

“而这也是我的特别爱好，其中的差别也是很明显的。在我看来，《泰晤士报》所用的铅字印刷和那种半个便士一份的晚报的劣质印刷的差别，就像您眼中的黑人头颅和爱斯基摩人的头颅一样明显。种类鉴别是一个犯罪专家所具备的最基本的常识之一，不过我承认我年轻时曾经混淆过《利兹水星报》和《西方晨报》。但是《泰晤士报》的铅字与众不同，这些字绝不可能来自其他报纸。既然这是昨天才弄好的，那很可能能从昨天的报纸上找到这些字。”

“到目前为止，我能明白您的意思了，那么，福尔摩斯先生，”亨利·巴斯克维尔爵士说，“有人用剪刀剪出了这条消息——”

“是指甲小剪刀，”福尔摩斯说，“你能看得出它的刀刃非常短，因为那人用了两剪才剪下‘远离’二字。”

“的确如此。那么是有人用指甲小剪刀剪出了这条消息，然后用浆糊粘到——”

“是用胶水，”福尔摩斯说。

“用胶水粘到纸上。但是我想知道为什么‘荒原’一词是手写的呢？”

“因为他在报纸上没找到这个词，其他的字都很简单，任何报纸上都能找到，但是‘荒原’就比较少见。”

“啊，没错，这样就清楚了。这张便条还能透露出什么信息吗，福尔摩斯先生？”

“它还是给了一些暗示的，虽然那人竭力要消除所有的线索。你看，这地址的字迹很拙劣，但是一般只有那些受过高等教育的人才会去买《泰晤士报》。由此我们推断，这封信出自一个受过教育的人之手，他想假装自己没有受过教育，而从他尽力伪装字迹看，你可能认识或者以后会认识他的字迹。另外，你能看得出这些字粘得不是很整齐，有的高一些，比如，‘生命’一词就高了很多。这可能是因为粗心，也可能是因为那人慌乱着急。整体来看我倾向于第二种原因，很明显这事事关重大，那人不会掉以轻心。如果他当时很着急，那么问题来了，他为什么会着急？因为任何在早晨之前寄出的信都会在亨利爵士离开之前收到，那人是怕受到阻挠吗——谁会来阻挠呢？”

“我们现在几乎是在猜了，”莫提默医生说。

“那倒不如说我们在比较各种可能性，然后选择最大的可能性。这是科学地运用想象力，但我们总是以客观事实为基础来进行推测的。好吧，你当然可以称之为猜测，但我几乎能确定这个地址是在一间旅馆里写下的。”

“您究竟凭什么这样说？”

“如果你仔细检查一下，你就能发现他用的笔和墨水都有问题，写这一个字就漏了两次墨水，一个简短的地址墨水就干了三次，这说明墨水瓶里的墨水很少。喏，个人用的笔或者墨水瓶几乎不会出现这种情况，同时出现问题的情况就更少了。而你们知道旅馆里用的墨水和笔经常会是这样的。现在我可以肯定地说，只要我们检查一下查林十字街四周旅馆内的废纸篓，找到剪过的《泰晤士报》，就能找到寄这封特别的信的人。啊呀！这是什么？”

他把那张粘着字的大页纸放到眼前一两英寸的地方，仔细地检查着。

“怎么了？”

“没什么，”他说着把纸放了下来，“只是半张空白的大页纸，上面连水印都没有，我想我们能从这封奇怪的信上找到的线索也就这些了。好了，亨利爵士，你来到伦敦后还遇到其他有趣的事了吗？”

“嗯，没了，福尔摩斯先生。我想没有了。”

“你有没有注意过有人跟踪或者监视你？”

“我似乎进入了一部离奇的小说情节里，”我们的访客说，“到底为什么会有人跟踪或监视我呢？”

“我们马上就谈到这个问题了，谈之前你没有其他要告诉我们的了吗？”

“嗯，不知道有件事是不是值得一说。”

“我觉得任何不同寻常的事情都值得说说。”

亨利爵士笑了。

“我对英国式的生活还不怎么了解，因为我生活中绝大多数时间都是在美国和加拿大度过的，但我觉得在这里丢一只靴子应该是不正常的吧。”

“你丢了一只靴子吗？”

“尊敬的先生，”莫提默医生喊道，“那只是不知道放在哪里没找到，等你回到旅馆它就会出现了。这种小事就不用麻烦福尔摩斯先生了吧？”

“哦，是他问我有没有任何不寻常的事情。”

“是的，”福尔摩斯说，“哪怕是小到很愚蠢的事情。你说你丢了一只靴子？”

“嗯，总之就是找不到了。昨晚我把它们都放在门外了，早晨就剩一只了。我问擦鞋的人也问不出结果；最可恶的是，那是我昨天晚上刚在海滨路买的，一次都还没穿过。”

“既然你不曾穿过，那你为什么还把它们放在门外让人给擦呢？”

“那是双浅棕色的靴子，还没有上过油，所以我就把它们放在外面了。”

“那你是说昨天一到伦敦你就立刻出门买了一双靴子？”

“我买了很多东西，莫提默医生一直陪着我。您也知道，如果我要去那儿做个乡绅，我必须穿得得体些，我以前在美国闲散惯了。除了其他的东西，我还买了这双棕靴子——花了六美元——结果还没穿就丢了一只。”

“好像很少有人偷这种没用的东西，”福尔摩斯说，“我同意莫提默医生的说法，那只丢的靴子很快就能找到的。”

“好了，各位先生，”男爵坚定地说，“我知道的事我似乎已经说得够多了，你们现在该遵守诺言告诉我，所有这一切是怎么回事。”

“你的要求很合理，”福尔摩斯回答道，“莫提默医生，我觉得你最好再讲一遍你给我们讲过的事情。”

于是在这样的鼓励之下，我们的科学家朋友从口袋里掏出那份手稿，像前一天早晨那样讲述了整个案子。亨利·巴斯克维尔爵士全神贯注地听着，偶尔惊叹一下。

“看来我要连复仇也一起继承了，”听完很长的讲述后他说道，“当然，我很小的时候就听说过这只猎犬。那是当时家里常讲的故事，我以前从来没把它当真。不过对于我叔叔的去世——嗯，一切在我的脑子里乱七八糟的，理不出个头绪。你们似乎还没有十分确定这个案子是该警察管还是牧师管。”

“没错。”

“现在我在旅馆又收到这封信，我觉得这肯定跟这件事有关。”

“看来有人似乎比我们更了解荒原上发生的事情，”莫提默医生说。

“而且，”福尔摩斯说，“这人对你并没有恶意，因为他警告你要远离危险。”

“也许他们是为了自己的目的，想把我吓走。”

“嗯，那当然也是有可能的。我真的非常感谢你，莫提默医生，你为我带来了这个疑问重重的案子。不过亨利爵士，我们的当务之急是决定你要不要去巴斯克维尔庄园。”

“我为什么不去呢？”

“那里似乎隐藏着危险。”

“您所说的危险指的是来自这家族的恶魔还是人类？”

“嗯，那正是需要我们查清的。”

“不管是什么危险，我已经决定了。地狱没有什么魔鬼，福尔摩斯先生，没人能阻止我回到我的家乡去，这就是我的最终决定，”他说话时皱着眉头，脸色变得更红，很明显巴斯克维尔家族的火暴脾气并没有从这位最后的家族成员身上消失。“而且，”他说，“我还没来得及思考你们所讲述的这一切，要让一个人一下子理解并且作出决定可不容易。我需要一个人静静地考虑一下再做决定。好了，您看，福尔摩斯先生，现在十一点半了，我要马上回旅馆去了。两点钟您和您的朋友华生能来和我们一起吃午饭吗？到时我就能更清楚地告诉您我对这件事的想法了。”

“华生你方便吗？”

“没问题。”

“那我们会准时去。我给你们叫辆马车吧？”

“我更想散散步，这件事实在让我无法平静。”

“我很乐意跟您一起，”他的同伴说。

“那我们两点钟再见。再见了，早安！”

我们听到我们的访客下楼梯的脚步声和前门“砰”的一声关上的声音，福尔摩斯立刻脱离懒散的梦游状态，敏捷地行动起来。

“华生，戴上帽子穿上靴子，快！一会儿也别耽搁！”他穿着便袍冲进他的房间，几秒钟后换了件大衣就出来了。我们一起冲下了台阶，来到街上，还能看到莫提默医生和巴斯克维尔在我们前面两百码处朝着牛津街走去。

“要我跑过去拦住他们吗？”

“千万不要，华生。你听我的，你陪着我就够了。我们的朋友很明智，今天早晨真是适合散步。”

他们加快了步伐，我们和他们的距离慢慢缩短了一半，我们在后面始终和他们保持着一百码的距离，跟着他们走过牛津街，然后到了摄政街。我们的朋友一停下来就朝一个商店的橱窗里看去，福尔摩斯也停了下来，随后他满意地轻呼了一声，顺着他热切的目光，我看到一辆双轮马车本来停在街对面，里面有一个人，现在又开始慢慢向前行驶。

“那正是我们要找的人，华生，快来！就算做不了别的，我们至少要把他看清楚。”

正在这时，我感觉到一张满嘴黑色络腮胡子，眼神犀利的脸从马车的窗口边望向我们。紧接着，马车顶部的活板门打开了，有人尖声对着车夫呼喊，马车沿着摄政街狂奔起来。福尔摩斯着急地望向四周，想再找一辆马车，但是找不到空车，于是他冲进了川流不息的人群车马中，疯狂地追起来，但是已经太迟了，马车已经不见了踪影。

“唉！”福尔摩斯气喘吁吁，脸色发白地从拥挤的车流中钻出来，懊恼地说道，“我们运气有这么差吗，办过这么糟的事吗？华生，华生，如果你诚实的话就把这也记下来，和我取得的那点成就对比一下！”

“那人是谁？”

“不知道。”

“是个侦探吗？”

“嗯，很明显从我们所听到的情况来看，巴斯克维尔自从来到伦敦城就被盯梢了，否则怎么能这么快就知道他住在诺森伯兰旅馆呢？如果他们第一天就跟踪他，我敢说他们第二天也会的。你可能注意到了，在莫提默医生读那份手稿时，我曾两次踱到窗口。”

“是啊，我记得。”

“我在查看街上有没有闲逛的人，但是没看到。华生，我们在对付一个聪明人。这件事很复杂，尽管我还没有最终确定我们被牵扯其中是福还是祸，我却经常感觉到对方能力很强，而且很有谋略。我们的朋友离开后，我马上跟着他们，希望能找到秘密跟踪他们的人。对方却非常狡猾，他怕走路跟梢会被发现，就找了辆马车，那样他就能快慢随意地闲逛而不会被发觉。他这个办法还有个好处，就是如果他们乘马车，他也能随时准备好追踪。不过，也有一个明显的不利之处。”

“要受马车夫控制。”

“一点没错。”

“可惜我们没有记下马车的车牌号！”

“华生，你看我今早这个样子还真以为我会笨到忘了记下车牌号吗？是二七〇四号。不过这会儿对我们没用。”

“我真看不出你当时还能做些什么。”

“看到那辆马车，我本应该立刻掉头往回走，然后再轻松地雇辆马车在后面不紧不慢地跟着，或者坐车去诺森伯兰旅馆，在那儿等着也行。当那人跟着巴斯克维尔回到家，我们就有机会以其人之道还治其人之身，看他去哪里。然而我们太急于求成了，一不留神被我们狡猾的对手利用了，而且他还迅速采取了行动，我们暴露了自己，也错过了这人。”

我们就这么边谈边在摄政街慢慢地闲步，前面的莫提默医生和他的同伴早就不见了。

“我们不需要再跟着他们了，”福尔摩斯说，“盯梢的人已经离开，不会再回来了。我们必须想想下一步的行动，好好计划一下。你能说出马车里那人的长相吗？”

“我只看到了他的大胡子。”

“我也是，据我判断那人很可能是经过乔装改扮了的，一个做事那么细致的聪明人，用这胡子就是为了掩饰相貌。跟我来，华生！”

他拐进了一家当地的邮局，经理很热情地招呼他。

“啊哈，威尔逊，我看你还没有忘记我曾有幸帮到你的那件案子吧？”

“没有，先生，我哪会忘呢。您挽救了我的名声，甚至是我的生命。”

“老兄你太夸大其词了。威尔逊，我隐约记得你手下的那些男孩子里面有个叫卡特莱特的，他当时在案子调查过程中表现得很有些天分。”

“是啊，先生，他还在这儿。”

“你能把他叫来吗？——谢谢！请帮我把这五英镑换成零钱。”

经理传唤一声，一个约十四岁，满脸透着机灵劲的孩子过来了，他毕恭毕敬地站在那儿盯着这位著名的探案专家。

“给我那本旅馆索引簿，”福尔摩斯说，“谢谢！好了，卡特莱特，这上面有二十三家旅馆，都是邻近查林十字街的，看见了吗？”

“是，先生，我看到了。”

“你得挨个去每一家旅馆。”

“好的，先生。”

“你每到一家先给看门人一个先令，这里是二十三先令。”

“嗯，先生。”

“你告诉他们你想看一下昨天的废纸，就说你在找一份送错了的电报，那很重要，明白了吗？”

“是的，先生。”

“不过你真正要找的是一张《泰晤士报》的内页，上面被剪刀剪了几个洞。这里有份《泰晤士报》，就是这一页。很容易就能认出来，你能吗？”

“我能，先生。”

“每次看门人会找来旅馆管理员，你也给他一先令，再给你二十三先令。二十三家旅馆中可能有二十家已经把昨天的废纸烧毁或扔掉了，在另外的三家你会找到一堆废纸，然后就从中找这一页《泰晤士报》，不过很可能找不到。这还有十先令备你急需。傍晚前往贝克街给我发个电报告诉我结果。好了，华生，现在唯一要我们做的就是发个电报确认一下二七〇四号马车夫的身份，然后去证券街的画廊打发一下时间，再去旅馆赴约。”

福尔摩斯名言警句

所谓事件，只要有不可解之处，就很容易解决。看起来平凡无特征的犯罪才真的棘手。

三条断了的线索

我们来到证券街的一家美术馆，福尔摩斯全神贯注地观看着近代比利时大师们所作的世界名画。离开美术馆直到诺桑勃兰旅馆，他一路上什么也不谈，只谈艺术，其实大家都知道他的艺术见解十分粗浅。

“亨利·巴斯克维尔爵士在楼上正等你们呢。”账房说道，“他让我把您们领上去。”

福尔摩斯回答说：“看看你们的旅客登记簿，可以吗？”

“可以。”

我们从登记册上看出，继巴斯克维尔之后又来了两拨客人。一拨是来自新堡的肖菲勒斯·约翰森一家，另一拨是来自奥吞州亥洛基镇的欧摩太太及女佣人。

“约翰森是我认识的那个吧，”福尔摩斯对守门人说，“他头发花白，是个律师，走路一瘸一拐。”

“错了，先生，这可是个好动的绅士，年纪没有您大，他是个煤矿主。”

“您一定把他的职业弄混了吧？”

“先生，不会的，约翰森在我们这旅馆已经住了好多年了，我们都很了解他。”

“行了，欧摩太太，我似乎记得这个名字，请原谅我的好奇心。”

“她丈夫曾做过葛罗斯特市的市长，她是个病魔缠身的太太，每次进城都来我们这里住的。”

“谢谢，这位太太不会是我的熟人了。”

我们一起上楼时，福尔摩斯低声说：“华生，刚才所问的问题已说明了一个重要的事实，那些对亨利爵士感兴趣的人，并没有住在这个旅馆。他们也担心被别人发现。”

当我们快要走到楼顶的时候，正遇上亨利爵士迎面走来。他气得脸都红了，手里拎着一只满是尘土的旧高筒皮鞋。

他向我们说话的口音都重多了，“太不像话了，这旅馆的人像是在欺负我，又拿了我的皮鞋，他们开玩笑找错人了，我才不怕呢，福尔摩斯先生，他们未免有点太过分了。”

“还在找您的皮鞋吗？”

“唉，先生，我现在又丢了一只旧的黑皮鞋。”

“怎么，这是真的……”

“我一共有三双鞋，一双棕色的新鞋，一双黑色的旧鞋，还有我现在穿的漆皮鞋。昨晚他们拿跑了一只棕色皮鞋，今天又偷了我一只黑的。喂，找到没有，别光站着瞪眼。”

亨利爵士冲着走过来的一个惊慌失措的德国服务生喊着。

“没有，先生，我都问过了，什么也没打听到。”

“好吧，在黄昏前把鞋给我找回来，不然的话，我立刻离开这旅馆。”

“先生，您要忍耐一下，我保证一定能找到。”

“但愿能找到，在这个贼窝里怎能再丢东西，福尔摩斯先生，请原谅我拿这样的小事烦扰您了……”

“我倒认为这事很值得注意。”

“您对这件事是怎么看的呢？”

“我不敢说已经了解了。您的这件案子很复杂，把这件事与您伯父的死联系起来就会发现太曲折离奇了。不过我们已掌握了几条线索，迟早总会找出正确的线索的。”

我们愉快地共进午餐。饭后，福尔摩斯在起居室问巴斯克维尔有什么打算。

“我准备周末到巴斯克维尔庄园去。”

“你的决定是理智的。”福尔摩斯说道，“我完全可以证明，你在伦敦已经被人盯梢，在这样大的城市里，很难搞清这些人是谁。若是他怀有恶意的话，有可能给你造成不幸。莫提默先生，你不知道你们今早从我家出来后，就被人盯梢了吗？”

莫提默医生大吃一惊，说：“被盯梢了？被谁？”

“不幸得很，这正是我需要解决的事。在达特沼泽地，你的邻居和熟人中，有没有留着又黑又长胡子的人？”

“我想想看，对了，查尔兹爵士的管家白瑞摩留着连腮黑胡子。”

“啊，白瑞摩在哪个地方？”

“说不定他在伦敦呢，让我们证实一下他是否在庄园里。”

“您怎么证实呢？”

“我们发一份电报，写上‘是否已为亨利爵士备好了一切？’发到巴斯克维尔庄园，交给白瑞摩。再发一封电报给庄园最近的格林盆的邮政局长，就写‘发白瑞摩先生的电报务交本人。如不在，请回电通知，诺桑勃兰旅馆亨利·巴斯克维尔爵士。’这样的话，咱们晚上就能知道白瑞摩是否在工作岗位上了。”

“这办法太好了，”巴斯克维尔说道，“但是，莫提默大夫，白瑞摩是个怎样的人呢？”

“他是已故管家的儿子，他们负责看管这所庄园迄今已有四代了，据我所知，他和他老婆挺受人尊重。”

巴斯克维尔说道：“事情很明了，我们家的人没有住在庄园里，这些人太舒服了，什么事都不做。”

“这是实情。”

“白瑞摩从查尔兹爵士的遗嘱里得到好处了吗？”福尔摩斯问。

“他们夫妻俩各得了五百镑。”

莫提默医生在一旁说：“查尔兹爵士的遗嘱里，也给我留下一千英镑呢。”

“真的吗？还有谁得到了呢？”

“有很多小笔款项是分给一些人的，另外大批钱财捐给公共慈善事业。余产全部归亨利爵士。”

“余产有多少呢？”

“七十四万英镑。”

“真没想到会有这么大的金额。”福尔摩斯惊奇地扬起了眉毛。

“查尔兹爵士很富有，在我们检查他的证券之前，并不知道他究竟有多少钱。原来他的全部财产价值约有一百万英镑。”

“天啊！一个人见了这样大的数额，当然要拼命赌他一场了。可是莫提默医生，请原谅我的假设，假如我们这位年轻的朋友发生意外的话，谁来继承这笔财产呢？”

“传给远房的表兄弟戴斯门家的人了。杰姆士·戴斯门是威斯摩兰地方的一位牧师。”

“您见过杰姆士·戴斯门先生吗？”

“见过，他拜访过查尔兹爵士。他是个稳重可敬的人，过着圣洁的生活。我还记得他拒绝接受查尔兹爵士任何产业，虽然查尔兹爵士曾执意让他接受。”莫提默医生郑重地说。

“这个没有什么爱好的人竟要成为查尔兹爵士的继承人吗？”

“他将成为产业的继承人，这是法律所规定的。”

“亨利爵士，冒昧地问你，你立过遗嘱了吗？”

“没有，福尔摩斯先生，我还没想过呢。但我觉得钱财不该与爵位和产业分开。没有足以维持的产业，又怎能恢复巴斯克维尔家的威望呢？”

“说得对，你该立即到德文郡，但千万别单独去。”

“莫提默医生同我一块儿回去吧。”

“我想，莫提默大夫有医务在身，他家离您的家也远，尽管他对您怀有天大的好意，但也不能总跟着你，你必须另找一个可以信赖的人。”

“福尔摩斯先生，您可以去吗？”

“事情如果到了紧急的时候，我一定会去，但是你知道，我有着广泛咨询的业务，也不可能离开伦敦。所以，我想只有我的朋友华生大夫，才能形影不离地陪伴和保护您。”

这个意想不到的建议让我真不知怎么办才好。我还没来得及回答，巴斯克维尔抓住了我的手，热情地摇起来。

他高兴地说：“华生大夫，我真是太感谢您了，您了解我的处境，对于这件事你知道的和我一样多，你能陪我到庄园去，我将永远铭记在心。”

我对即将投入的冒险，充满了好奇，同时我被福尔摩斯的恭维和准男爵以诚相待的真情感动着。

“行，我愿意去，”我说道，“我觉得这很值得。”

福尔摩斯嘱咐我道：“你得及时地向我报告，如果危难降临，我将告诉你如何行动。我想星期六咱们就准备动身吧？”

接着我们商定星期六坐由帕丁顿开来的十点三十分的那趟车去德文郡。

我们正要站起来告辞的时候，巴斯克维尔突然发出兴奋的欢呼，他冲向屋角，从橱柜下面拖出一只棕色的长筒皮鞋。

他喊着：“这正是我丢的鞋。”

“这真是一件奇怪的事，”莫提默医生说，“我已在这屋里查找过了。”

“是呀，我到处都找遍了。”巴斯克维尔说，“这一定是我们在吃午饭时，服务生放在那里的。”

那个德国服务生被叫了过去，很遗憾，他对这件事也弄不太清楚。仅仅两天，不明不白的神秘事件一个紧接着一个，真让人替亨利爵士的未来担忧。在我们坐车回去的路上，福尔摩斯沉默不语，他紧皱双眉，面孔严峻，他的心情和我一样，在努力思考着一些能解释这连续发生的怪事的推想。整个下午直到深夜，他都静静地坐着，沉浸在烟草和深思之中。

快要吃饭时，邮递员送来了两封电报。

第一封信写着：

倾悉，白瑞摩确在庄园。巴斯克维尔。

第二封写着：

依照指示去过二十三家旅馆，未能找到剪破的《泰晤士报》。很抱歉。卡特莱。

“唉，华生，我的两条线索都完蛋了。再没有比不顺心的案子更气人的了。咱们得赶紧想办法。”

“咱们还可以去找那个给盯梢人赶车的马夫嘛。”我提醒到。

“没错。我已发了电报要求执照管理科查清他的姓名和地址，听，门铃响了，有人送结果来了。”

让我俩欣喜的是，推门走进来的举止粗鲁的家伙，就是我们要找的那个人。

“我就是 No. 二七〇四车的车夫，我接到总部通知，说一位绅士要找我，我直接从车场就到这儿了，您对我有什么不满意的吗？”

“老弟，请别误解，”福尔摩斯说，“正相反，若是你能耐心地回答我的问题，我就会给你半个金镑。”

车夫听了这句话，咧着嘴笑着说：“真不错，我碰到好运了。先生，你要问我什么呢？”

“我先问问你的姓名和地址，以后找你的时候方便一些。”

“约翰·克雷顿，住在镇上特皮街三号；我的车是从滑铁卢车站附近的希波利车场租来的。”

福尔摩斯记下他的话说：“克雷顿，请你把今天早上监视这所房子而后又跟踪那两位绅士的那个乘客的情况说一说吧。”这车夫吃了一惊，迷惑不解地站在那儿。

“这件事不用我多说什么，看来你知道的和我一样多”，马夫说，“是这样的，那位绅士对我说，他是个侦探，并嘱咐我不要对别人讲。”

“老弟，你不要多隐瞒什么，这事情很严重。你刚才说你的乘客是个侦探吗？”

“他是这么说的。”

“他都怎么说的。”

“他是提到了他的名字。”

福尔摩斯以快乐的眼神迅速地瞟了我一眼。“他真冒失，竟告诉了他的姓名。他叫什么名字呢？”

车夫说：“他说，他叫夏洛克·福尔摩斯。”

听了这话，我看到这个大侦探从未那样吃惊过，接着，他又纵声大笑起来。

“华生，真是太有意思了，”他说，“我认为他是个很机灵的人。

这次他可把我搞得真够瞧的,他的名字叫夏洛克·福尔摩斯,是吗?”

“先生，这就是那个绅士的姓名。”

“知道了，请告诉我他在什么地方搭上你的车和这之后的事吧。”

“九点半的时候，他在特莱弗嘎广场叫了我的车，他说他是个侦探，并给了我两个金镑叫我整天绝对服从他，我们先到了诺桑勃兰旅馆，在那里一直等到那两个绅士出来并雇上马车。我们尾随着他们的马车，一直跟到这儿。”

“就是这个大门。”福尔摩斯说道。

“这一点我不敢肯定，我的乘客什么都知道。我们停在街上等了一个半小时。后来有两位绅士从我们旁边步行过去后，我们就顺着贝克街跟踪下去，并沿着……”

“这我知道了。”福尔摩斯插言道。

马夫继续说：“当我们走过摄政街约有四分之三时，我车上的绅士打开车顶滑窗，大喊着让我赶到滑铁卢车站，我的马车不到十分钟就到了。在他要走开的时候,他转过身对我说他叫夏洛克·福尔摩斯。”

“原来是这样。以后你再没见过他吗?”

“他进了车站后，再没有见到。”

“这个叫夏洛克·福尔摩斯先生长得什么样呢?”

马车夫搔着头皮想了想说：“我看他可能有四十岁，中等个，比你矮两三英寸。他穿得像个绅士，脸色苍白，蓄着黑胡须。我知道的就这些。”

“他眼睛的颜色呢。”

“我说不出来。”马夫有些为难地说。

“别的你还能记起什么来吗?”

“先生，就这些了，记不起来了。”

“好吧，先给你半个金镑，以后如果你能带来更多的消息，我可以再拿半镑给你。晚安。”

“先生，谢谢您，晚安。”

约翰·克雷顿咯咯地笑着走了。福尔摩斯耸耸肩向我转过头来。

他苦笑着说："咱们的第三条线索又断了。这个坏蛋，他摸清了咱们的来路，知道亨利·巴斯克维尔爵士曾找过我，在摄政街认出我，怀疑到我记下马车的号数，一定会去找马车夫的。这一回咱们可真找到一个值得干一场的对手了。希望你在德文郡的运气能比在这儿好一些，我真有些担心。"

"对什么担心呢？"

"对派你去的这件事呗。这事很棘手，又很危险。但愿我能高兴地看到你平平安安地回来。"

巴斯克维尔庄园

在那些大家约定的日子里，都按照事先安排的那样，首先出发到德文郡去。福尔摩斯和我一道坐车到车站，特意交代了要留意的事。

“我只希望你将所有发生过的事，尽可能认真详细地报告给我，至于那些归纳整理的工作，就留给我来做吧。”

“哪些事实呢？”

“只要与这案件有关的任何事实，特别是亨利爵士和他的邻居们的关系，或是与查尔兹爵士的死亡有关的任何新发现。前些天，我自己也去调查了一下，没有任何收获。只有一件事看来是肯定的，就是下一继承人杰姆士·戴斯门先生是一位年长的绅士，性格非常善良，因此这件事应该与他无关。剩下的就只有将来在沼泽地里围着亨利爵士的人们了。”

“把白瑞摩这对夫妇辞退不好吗？”

“千万别这样做，万一他们是无辜的话，这样岂不是太不公正了；如果他们的确有罪，这样一来，反而让他们轻易溜之大吉。咱们得把他们列入嫌疑人的名单。假如我没有记错的话，还有一个马夫和两个沼泽地的农民。至于莫提默医生，我相信他是十分诚实的，但他的太太呢？生物学家斯特普尔顿，还有他的妹妹，据说长得很美。赖福特庄园的弗兰克兰先生，对他的情况未明。还有其他一两个邻居。这些都是你必须加以特别注意的人物。”

“我会尽力的。”

“你带着武器吗？”

“带了，我想还是带去的好。”

“你那支左轮枪，每时每刻都应带在身边，不能有丝毫的粗心大意。”

我们的朋友们已订了头等车厢的座位，他们正在月台上等着我们。

“没有人在跟踪我们，”莫提默要回答我朋友的问题时说，“这两天我们没有被人盯梢。我们出去的时候，总会留意观察的。”

“你们一直待在一起吗？”

“除了昨天下午。我每次进城，总要抽点时间闲逛，因此昨天下午我独自去了一趟外科学院的陈列馆。”

“我到公园去看热闹去了，”巴斯克维尔说，“可是我们都平安无事。”

“不管怎么说，还是太疏忽大意了，”福尔摩斯说，神情很严肃地摇着头，“亨利爵士，我请您不要独自走来走去，要不然您就要大祸临头了。您找到另一只高筒皮鞋了吗？”

“没有，我想找不回来了。”

“这真是件很有趣的事啊。好吧，再见！”当火车徐徐开动起来的时候，他说，“亨利爵士，要记住莫提默医生读的那个怪异而古老的传说中的一句——不要在黑夜降临、罪恶势力嚣张的时候走过沼泽地。”

我们已经远离月台，这时候，我看到福尔摩斯高高的身影，依然站在那里一动不动地目送着我们。

在车上的这段时间，我和他们二位已经相处得很熟了，有时还与莫提默医生的长耳狂犬嬉戏。车行了几小时以后，大地慢慢变成了红色，砖房换成了石头建筑物，枣红色的牛群在用树篱围着的地里吃着草，青绿的草地和茂密的菜园表明，这里的气候湿润，易于获得好收成。亨利爵士热切地向窗外眺望着，他一看到德文郡那熟悉的风景，就立刻高兴地叫了起来。“自从离开这里以后，我到过世界许多地方，但是我从来没有见过一个地方能和这里媲美。”

“不光是本郡的地理条件，就是本地的人也很不俗，可谓人杰地灵。”莫提默医生说道，“看我们这位朋友，他那圆圆的头颅就是属于凯尔特型的，里面充满着凯尔特人的强烈的感情。以前看到巴斯克维尔庄园的时候，当时您还很年轻呢，是吗？”

“我父亲去世的时候，我还是个只有十几岁的小孩子，那时我居住在南面海边的一间小房子，所以我还从来没有看到过巴斯克维尔庄园呢。在我父亲死后，我就直接到了美洲的一个朋友那里。我跟您说吧，对于这庄园，我和华生医生同样是新鲜的，我真想快一点看到那沼泽地是什么样的。”

“您的愿望马上就要实现了。”莫提默医生一面说着，一面向窗外边指点。

近处是无数绿色方格的田野，在低矮的树林那边，远远地耸立着一座灰暗苍郁的小山，山顶上有形状奇特、参差不齐的缺口，远远望去隐约朦胧，宛似梦幻中的景色。亨利爵士两眼盯着那里，聚精会神在回想着些什么。他穿着苏格兰呢的服装，说话带着美洲口音，而当我看到他那黝黑而表情丰富的面孔时，我就愈加感觉到他真是那种高贵、热情的家族的后裔，而且气派不凡。在他那浓浓的眉毛、神经质的鼻孔和那栗色的大眼睛里，显示出自尊、豪迈和力量。如果在那恐怖的沼泽地，真出现了什么困难与危险的事情，他肯定会临危不惧，挺身而出。

火车在一个小站上停了下来，我们下了车。在白色栏杆的外面，停着一辆两匹短腿小马拉着的双轮马车。我们的到来像是大人物光临，站长和脚夫都向我们围了上来，帮着我们搬行李。在出口处，有两个穿着黑色制服的、军人模样的人站在那里，他们的身体靠在来复枪上，两眼直勾勾地盯着我们走过去。马车夫是个身材矮小的家伙，相貌既冷酷又粗野，他向亨利爵士行了个礼。

几分钟之后，我们便沿着宽阔的大道飞驰而去。起伏不平的牧草地，在大道的两侧向上延伸。透过浓密绿荫的缝隙，可以看到一些墙头和屋顶，它们都是被修成人字形的古老的房屋，宁静的村子后面出现了绵延不断的被傍晚的天空衬托出来的阴暗的沼泽地，中间还罗列着几座大大小小的山包。

四轮马车转入了旁边的一条岔路，道路两侧的石壁上长满着湿淋淋的苔藓和枝叶肥厚的羊齿植物。古铜色的野莱和色彩斑驳的黑莓，在落日的余晖中闪闪发光。我们过了一座花岗石的窄桥，就沿着一条浪涛咆哮的急流向前走去。水流波涛奔腾，浪花飞溅，在灰色的乱石之间喧腾而过。道路在矮小的橡树和枞树的峡谷之中，沿着小河溯流而上。在每一个转折处，美丽的景色总会使亨利爵士高兴得欢呼起来。可我觉得这一带乡间，有一种凄凉的气氛和深秋的景色，在小路上，铺满了许多枯黄的树叶，而当我们经过之时，有些树叶翩翩飞舞，从我们的头顶上飘落下来。

“啊！”莫提默医生惊叫起来。“那是什么呢？”

前面是陡斜的坡地，突出在沼泽地的边缘。在那最高处，有一个骑着马的面孔严肃的士兵，他双手握着枪，好像随时就要扳动枪机。他在监视着我们所走的这条道路的行人。

“那人是干什么的，波金斯？”莫提默医生问道。

车夫在座位上扭转身来，说道：

“王子镇一个犯人逃跑了，到现在已是第三天了，狱卒们正监视着这儿的每一条道路和每个车站，可是至今还没有找到他的踪迹呢。附近的农民都在提心吊胆。”

“啊，我明白了，如果谁能报案，把他捉获，就能拿到5镑赏金。”

“是啊，老爷，可这个钱不易拿，他不是个普普通通的罪犯，而是个杀人不眨眼的魔鬼。”

“那他究竟是谁呀？”

“他叫塞尔登，就是在瑙亭山杀了人的凶手。”

案子我记得很清楚，凶手极端残忍，手段令人发指。后来之所以免了他的死刑，是由于他的犯罪行为出奇的残暴，人们相信他的精神状态有点不正常。我们的马车爬上了斜坡顶，面前出现了一望无际的沼泽地，上面点缀着许多圆锥瑚的石冢和凹凸不平的岩岗，色彩斑驳，光怪陆离。一阵冷风从沼泽地上吹过来，我们不禁打了寒战。在那荒无人烟的平原，这个魔鬼一般的人，说不定就藏在其中一条沟里。光秃秃的荒地，冷飕飕的寒风和阴沉的天空，再加上这个令人惊畏的逃犯，就使这里显得更恐怖了。亨利爵士也默不作声，把大衣裹得紧紧的。

丰饶的田野已落在我们的后下方，夕阳斜照，把河里的水流照得像金丝一般，那初耕的红色土地和宽广的密林，也在阳光下闪烁发光。前面赤褐色和橄榄色斜坡上的道路，却越发显得荒芜与萧瑟，见到的到处都是巨石。我们不时从沼泽地里的小房经过，它们的墙和屋顶都是用石料砌成的，墙壁上没有蔓藤掩饰其粗糙的轮廓。我们忽然看到了远处的凹地，那里长着小片小片的因年久而被狂风吹弯了的长得不好的橡树和枞林。两个又细又高的塔楼从树林里伸出来。车夫用鞭子指了指说道：

“巴斯克维尔庄园到了。”

庄园的主人站了起来，双颊泛红，双目炯炯有神地张望，几分钟后，我们就到了庄园的门口。大门是用交织成奇妙花样的铁条制成的，两侧都有一根经过风雨长久侵蚀的柱子，由于长满了苔藓，显得肮脏不堪。柱顶装有石刻的象征——巴斯克维尔家的野猪头。门房外有一堆坍塌的黑色花岗石，露出一根根光秃的椽木。走进去却有一座新的建筑，刚建了一半，是查尔兹爵士用由南非赚来的黄金兴建的。

进了大门就走上小道，车轮因走在枯叶上，没有什么声音，老树的枝丫在我们的头顶上交织着，仿佛是一条阴暗的拱道。我们看到不远处有一所房屋，像幽灵似的在发着亮光，巴斯克维尔不由得战栗起来。

“那些事是在这里发生的吗？”他低声地问道。

“不是，在水松夹道那一边。”

“在这样的地方，难怪我伯父总会觉得大难临头了，”这位年轻的继承人面色紧张地四周张望着，“我要在厅前装上一行的大灯泡。”

走过一片宽阔的草地，房子就出现在我们的眼前了。在暗淡微弱的光线之下，我看见这是一幢坚实的楼房，楼前有一条突出的走廊，房子的正面墙壁爬满了常春藤。这座楼的顶上有一对古老的塔楼，开有枪眼和许多瞭望孔。在塔楼的左右两侧，各有一座用黑色花岗岩建成的翼楼。微弱的光线，射进了窗棂坚实的窗口，陡峭而倾斜的屋顶上的烟囱，喷吐出一条黑色的长长的烟柱。

“亨利爵爷，欢迎您！欢迎您到巴斯克维尔庄园来！”

一个高个子的男人从走廊的阴影中走出来，他打开了四轮马车的车门。在厅房淡黄色的灯光下，又一个女人的身影出现了，她上前拿下我们的行李袋。

“亨利爵士，我现在就赶回家去，”莫提默医生说道，“我太太正等着我呢。”

“您吃了晚饭再回去吧，好吗？”

“不，我真的要走了，或许家中有什么事在等着我做呢。您如果有事要我做，随时叫我就行了。”

厅堂确实华美堂皇，又高又大，虽因年代久远，变成了黑色的橡木梁密密地排列着。在高高的铁狗雕像后面，有一个巨大的旧式壁炉，木柴在噼啪地燃烧。亨利爵士和我伸出手来烤火取暖，因为长途乘车，使我们浑身都麻木了。后来，我们向四周环顾，只见狭长的、嵌着古老的彩色玻璃的窗户，橡木做成的嵌板，雄性的鹿头标本，以及墙上所挂的盾徽，这些东西在中央大吊灯柔和光线的照耀下，显得异常幽暗而沉郁。

亨利爵士说道：“一想到这就是我家族的人住了足足五百年的大厅，我的内心就感到特别沉重。”

白瑞摩把行李送进我们的居室以后，又回到了大厅。他以受过良好训练的仆役所特有的温顺态度，站在我们面前。他是个仪表堂堂的人，身材魁梧，相貌英俊，黑胡须剪得方方正正，衬着一副白皙的面孔。

“爵爷，您想马上吃晚饭吗？”

“晚饭已经准备好了吗？”

“在几分钟之内，晚饭就能准备好，你们的屋里已经备有热水。亨利爵士，我妻子和我本来是很愿意和您待在一起的，可现在不同了，这所房子里就需要更多的佣人。”

“有什么新的情况？”

“我是说，查尔兹爵爷过的是隐居的生活，事情很少，因此我们可以应付得来，照顾得了他的需要，而你呢，当然希望有更多的人和您相陪，恐怕我们应付不来了。”

“你的意思是说，你和你的妻子想辞职吗？”

“爵爷，这当然要按您的意见办事。”

“可是你们一家已经和我家的人在一起生活了好几代了，我不会刚到就把它改变的。”

我看到这管家的面孔上有些激动。

“说心里话，爵爷，我们两人都非常敬爱查尔兹爵士，他的死令我们十分震惊。看到这里四周熟悉的环境，处处都会使我们内心感到十分痛苦。我怕在这巴斯克维尔庄园里，我们的内心深处总是难以得到安宁的。但是现在啊，爵爷，我还是先带您四处走走，看看您的房间吧。”

在这古老的厅堂的上部，是装有回栏的文武游廊，但通过一段双叠的楼梯方能上去。从中央厅堂伸出两条长长的过道，一直穿过整幢建筑，所有的寝室都通向两条通道。我和巴斯克维尔的寝室是安排在同一侧，几乎是紧紧相邻。这些房间看来要比大楼中部房间新得多，颜色鲜明的墙纸和点着的无数蜡烛，开始给人一种舒服的感觉。

饭厅则是个晦暗阴郁的处所，这是一间长方形的房子，有一段台阶把房子由中间分成高低不同的两部分，高处为主人家人进餐的地方，低处则留给佣人们使用。旁边建有演奏廊。乌黑的梁木横跨于我们的头顶，再往上就是被熏黑了的天花板了。如果用一排熊熊燃烧的火炬把屋子照亮，在一个丰富多彩、狂欢不羁的宴乐之中，屋里的沉闷气氛可能会不同。可眼下亨利爵士和我坐在这里，总觉得说话的声音都变低了，而精神上也感受到了压抑。一排的祖先的画像，穿着各式各样的服装，由伊丽莎白女皇时代直至乔治四世皇太子摄政时代，他们都张目注视着我们，威慑着我们。吃完饭后，我们走到新式的弹子房去吸了一支烟。

“说实话，难以让人心情舒畅，”亨利爵士说道，“我本以为会逐渐习惯这样的环境，可是现在却不这么看了。咱们今晚早些休息，也许在明天的清晨时分，周围的环境便会使人感到愉快些吧。”

我在上床之前，拉开窗帘，向外面眺望观察。这窗是向着厅前的草地开的，再远些有两棵树，在愈刮愈大的风中摇摆呻吟。奔涌的云朵的缝隙之中，露出半圆的月亮。在惨淡的月光照射之下，在树林后面，我见到了那残缺不齐的山岗和低洼起伏的阴郁沼泽地。我于是又拉上了窗帘。

我虽然感到疲倦，可大脑却无法静下来，辗转反侧，越想睡越睡不着。古老的建筑为死一般的沉寂所笼罩，每过一刻钟，远处便传来了清晰的报时的钟声。突然间，在这死寂的深夜，有一种声音传进我的耳鼓，这声音清晰而又响亮，那是个女子的啜泣声，像是一个悲痛而无奈的人所发出的哽咽的喘息。我想，这声音不可能是来自别处，而且我可以十分肯定，这声音就是来自这所屋子里。我从床上坐起来，每根神经都显得十分紧张。可是后来，除了听到钟的敲打声和墙外常春藤的窸窣声之外，再也没有听到别的声音。

福尔摩斯名言警句

笨蛋虽笨，但还有更笨的人为他们鼓掌。

梅利瑟宅邸的主人斯特普尔顿

第二天一早，迎面扑来的新鲜空气多少消除了我们初到庄园时产生的阴郁印象。当巴斯克维尔爵士和我吃早饭时，阳光透过盾徽形的窗玻璃折射进一片片柔和的光泽。如果说这就是那个让人压抑的房间，真有些让人不敢相信。

“我认为这只能怨我们自己，与房子没有关系，”亨利爵士说，“昨晚咱们过来时又累又冷，自然会留下沉闷的印象。现在，感觉就不一样了，精神愉快多了。”

我没有顺着他的话说下去，回答道：“昨天晚上，你听到有妇女在哭泣吗？”

“真是让人纳闷，我在半睡半醒中确实听到过哭声。后来就听不见了，我就以为自己是在做梦。”

“是个女人的哭声，我敢肯定地说。”

“这件事，咱们得问个明白。”他摇铃叫来了白瑞摩，问他是否听到了昨夜的哭声。听了主人问话，总管脸色更苍白了。

他回答道：“爵爷，这房里只有两个女人，一个是我老婆，我敢保证，不是她发出的哭声；另一个是女仆，她睡在厢房里。”

可是后来证明他竟在撒谎。吃过早饭后，我在长廊上恰巧遇到了白瑞摩太太，阳光正照着她的脸，她是个身材高大的胖女人，嘴角带着严肃的表情，可是她的两眼无可掩饰地红着，她用红肿的眼睛望了我一下。不用说，夜间哭的就是她了。她为什么要哭得那么伤心呢？她丈夫又居然冒着被人发现的危险否认事实。难道我们在摄政街所看到的那辆马车里的乘客是白瑞摩吗？他第一个发现了查尔兹爵士的尸体，也只有他才能介绍死者的有关情况。我怎样才能弄清这一点呢？显然，我该去找格林盆的邮政局长，弄清那份试探性的电报是否真的当面交给了白瑞摩。结果无论怎样，我至少得向福尔摩斯提供些情况。

早餐之后，亨利爵士要看很多文件，因此这段时间我就出门了。我沿着庄园的边缘走了四英里，来到一个荒凉单调的小村，村中有两所房子较其余房子高大，一所是客栈，另一所是莫提默家。

我没想到邮政局长还是本村的食品杂货商，他对那封电报记得很清楚。

“先生，我是完全按照指示叫人将电报送交白瑞摩先生的。”他肯定地说。

“谁去送的？”我问。

“我的孩子杰姆士送去的。杰姆士，是你上星期把电报交给住在庄园的白瑞摩先生，是吧？”

“没错，爸爸，是我送的。”

“是他亲手收到那封电报吗？”

“我没能亲手交给他，当时他正在楼上呢，于是我就把电报交给白瑞摩太太，她说马上就送上去。”

“你看到白瑞摩先生了吗？”

“没有，先生，我跟您说他在楼上。”

“你并没有看到他，怎么能知道他在楼上呢？”

听了我的问话，邮政局长有些愤怒地说：“他老婆自然会知道他在什么地方！到底收没收到电报，你应该去质问白瑞摩先生自己。”

这件调查要想继续下去已无望了，尽管福尔摩斯用了巧计，我们仍是不能确定白瑞摩去没去过伦敦。如果他真的是跟踪刚刚回到英伦的新继承人的人，他是受人的指使，还是另有个人的阴谋呢？爵士家的人对他会有好处吗？《泰晤士报》的警告信是否是他干的？唯一解释得通的就是亨利爵士猜测过的那种动机，他想将主人吓跑独吞庄园。这一解释，又不怎么合理。福尔摩斯曾说，在一长串惊人的侦探案中，再没有比这更复杂的案子了。我沿着灰白的道路走着，心里默默地祷告着，愿我的朋友早点来这儿吧！

忽然，一阵跑步声和唤着我名字的声音打断了我的思路，我转身望去，以为是莫提默医生，没料到追我的竟是一个矮小瘦削的陌生人。他大约三四十岁的样子，胡子刮得很干净，面貌端正，头发淡黄，下巴尖瘦，穿着一身灰衣服，戴着草帽，肩上挂着一只植物标本匣，手里拿着一只绿色的捕蝶网。

“我相信您一定会原谅我的仓促无理，华生大夫。”他喘着气跑到我跟前说：“我想您从咱们的朋友莫提默医生那儿可能已经听到过我的姓名了，我就是住在梅利瑟的斯特普尔顿。”

“您的木匣和捕蝶网已经告诉我了，我早就知道斯特普尔顿先生是一位生物学家，可是您怎么能认出我呢？”我不解地问。

“是这样，在我拜访莫提默大夫时，您正从他的窗外走过，于是他就指给我看了。我也要走这条路，于是我先上来作个自我介绍。亨利爵士的这趟旅行一切都好吧？”

“很好，谢谢您。”我说。

“查尔兹爵士惨死之后，我们都担心新来的准男爵不会住这里。对有钱人来说屈尊隐居在这样一个地方，有点不值得。当然，这用不着我多说什么。我想亨利爵士对这件事担忧过吗？”

“您一定听过关于威胁这一家族的魔鬼般的猎狗那个传说吧？”

“我听说过了。”

“这儿的农民对传闻相信极了！他们每个人都发誓说，在这片沼泽里曾见过这样一只大狗。”他认真地说，“这件事给查尔兹爵士影响很大，以至于后来发生了那样悲惨的事。”

“他怎么会那样呢？”

“他一看见狗就神经紧张到对他有病的心脏以致命打击的程度。我想在他临死的那天晚上，在水松夹道里，他一定是看到了类似的东西。我热爱这个老人，过去我就担心会发生什么灾难，再说他的心脏很虚弱。”

“您是怎么知道这件事的呢？”

“我的朋友莫提默大夫对我说的。”

“您认为查尔兹爵士是因为一只狗的追赶而吓死的吗？”

“我想是这样的。夏洛克·福尔摩斯先生对这件事是怎么认为的呢？”

他的问话让我屏住了呼吸，但瞧着他那温和的面孔和沉着的目光，又觉得他并非故意使我惊讶。

“华生大夫，要想让我们假装不认识您，那是很难做到的。我们早已看过您那些侦探记述了。莫提默大夫对我谈起您时，他也对您很敬佩。如今您来到这里，一定是因为福尔摩斯对这件事感兴趣，我自然想听听他对这件事的看法。”

“很抱歉，我恐怕回答不了这个问题。”

“冒昧地问一下，他是否要亲自来这儿呢？”

“他正在集中精力搞别的案子，还不能离开城里。”

“真可惜！他的参与或许会给我们带来希望。您在进行调查时，如果有需要我效劳的地方，请尽管差遣好了。我会尽可能地提出建议或协助您的。”

“谢谢您的好意，我并不需要什么协助，我不过是来拜访我的朋友。”

“好呀，您这样做很对，”斯特普尔顿说，“我是多管闲事，以后再不提这些事了。”

我们走过了一条狭窄多草的小路，曲折迂回地穿过沼泽地。右侧是陡峭的乱石密布的小山，多年前已被开成了花岗石采石场，正对着我们的一面是暗褐色的崖壁。

“顺着这条沼泽地小路慢慢走一会儿，就能到梅利瑟了，”斯特普尔顿说，“或许你能腾出一小时的时间来吧，我很愿意把我妹妹介绍给您。”

听了他的邀请，我首先想到应该去陪伴亨利爵士，可是很快又想起摆满他书桌上的文件和证券，对这我又无法帮助他。况且福尔摩斯还曾特意说过，对沼泽地上的邻人们要加以关注。因此，我和他一起转入了小路。

“这片沼泽地真是个奇妙的地方，”斯特普尔顿向四周环顾着，说："我虽然在这儿住了两年，但当地居民还认为我是新来的呢。我们搬来的时候，查尔兹爵士也刚过来不久。我喜欢观察乡间的每一部分，所以我知道的就比别人多。比如说北面的大草原，中间矗起了几座奇形怪状的山，您能看出它的奇特之处吗？"

"这像是个少有的能纵马奔驰的好地方。"

"您自然会这样想，这种想法已不知葬送了多少条生灵了。您瞧见那些密布着绿色草地的地方了吗？"

"看见了，那地方比别的地方更肥沃呢。"

听了我说的话，斯特普尔顿大笑起来。

他说："那就是大格林盆泥潭。在那里只要一步不小心，不管是人是畜都会丧命的。昨天我还看见一匹小马跑进去再没出来。在干燥的月份，穿过那里也危险。这几场秋雨之后，那里就更可怕了。但我能找到通往泥潭中心去的道路，并能活着回来。天哪，又有一匹小马陷进去了。"

这时，我看到那绿色的苔草丛中，有个棕色的东西正在上下翻滚，脖子扭来扭去向上伸着，随后发出一阵痛苦的长鸣，可怕的吼声在沼泽地里回音不断。我吓得浑身都凉了，可斯特普尔顿的神经似乎很坚强。

他说："真惨，两天之内就葬送了两匹马。在干燥的天气里，它们习惯往那里跑，大格林盆泥潭真是个坏地方。"

"您不是说您能穿过去吗？"

"这里有一条小路，我已经找到了，不过只有动作灵敏的人才能过去。"

"您为何要进入那可怕的地方呢？"

"啊，您看到那边的小山了吗？那多像一座周围无法通过的小岛。那个地方一定生长着稀有植物和蝴蝶呢。"

"哪天我也去碰碰运气去。"

听了我的话，他的脸上现出惊讶的表情。

"快别这样想吧，那样就等于是我害死了您，"他说道，"我担心你不能活着回来，我是靠着复杂的路标才走到那里去的。"

“那是什么？”我突然喊了起来。

一声既长又低、凄惨得无法形容的呻吟声传遍了整个沼泽地，但说不出是从哪里发出来的。起初是模糊的哼哼声，接着又变成深沉的怒吼，再后来又传来忧伤而有节奏的哼声。

斯特普尔顿好奇地望着我说：“沼泽地真是个奇怪的地方。”

“那究竟是什么东西呢？”

“农民们说巴斯克维尔的猎狗在寻找它的猎物。以前，我曾听到过一两次，可是声音从未有这么大。”

听着那吓人的声音，我的心里好害怕。在这广大的原野上，除了有一对大乌鸦在我们身后的岩岗上呱呱大叫之外，别无动静。

“您是生物学家，怎能也相信这传闻？”我说道，“您认为这种声音从什么地方发出来的呢？是污泥下沉还是地下水往上冒，或是别的原因。”

“我想都不是，那是动物发出的声音。”

“也可能是。您听过鹭鸶叫吗？”

“从来没听过。”

“在英伦这是一种很稀有的鸟，几乎都绝种了，在沼泽地可能还有。刚才我们听到的就是这种鹭鸶的叫声。”

“这声音是我一生中听到最可怕、最奇怪的了。”

“唉，这真是个神秘可怕的地方。你看小山那边，您说那些是羊圈吗？”

我指着远处的山坡上，一堆堆石头围成的圆圈问道。

“不，那是我们可敬的祖先的住处，史前时期住在沼泽地里的人很多，后来就没人在那里住过了，咱们看到的还和他们离开房子前一样。那些是他们的缺了房顶的小屋。若是能到里面走一趟的话，说不定能看到他们的炉灶和床呢。”

“规模真像个市镇。那是什么时候的人在那里住呢？”

“大约在新石器时代，他们在这些山坡上放牧，他们还学会了开掘锡矿。对面的壕沟，就是挖掘的遗迹。华生大夫，您会发现沼泽地一些很特别的地方。请等一会儿，一定是赛克罗派德大飞蛾。”

正说着，一只不知是蝇还是蛾的东西飞过了小路。这时，斯特普尔顿以少有的力量和速度扑了过去。让我吃惊的是，那只小动物竟向大泥潭飞去，我的朋友却挥舞着他那绿色的网兜，敏捷地曲折前行着。我怀着既羡慕又担忧的心情，站在那里望着他像一只大飞蛾一样跳跃着。一阵脚步声从身后传来，我转过脸，看到离自己不远处有一个女子。她是从梅利瑟方向来的，因为一直被沼泽地的洼处遮挡着，所以直到离得这么近才发现。

我相信面前的这位小姐是斯特普尔顿小姐，因为在这沼泽地里女人太少了。她确实是个少见的美人，应当属于不平凡的那个类型。她同她的兄长斯特普尔顿的相貌迥然不同。她生就一副高傲而美丽的面孔，五官端正，身段优美，再加上高贵的衣着，就像是沉寂的沼泽地小路上的一个仙女。我转过身来的时候，她正在看她的哥哥，随后她快步向我走了过来。

我摘下帽子刚想说几句礼貌的话，她却对我说道："快回去，马上回伦敦去。"

她的眼睛向我发出火焰般的光芒，一只脚不耐烦地在地上跺着。

我惊讶地望着她问："我为何要回去呢？"

"我不能解释。"她压低嗓音恳切地说，"看在上帝的面上，照我所说的去做吧，再也不要来沼泽地。"

"我刚来呀，怎能……"

"您这个人哪！怎么说你呢，你看不出这个警告是为你好吗？"她叫了起来，"回伦敦去，今晚就动身，一定要离开这里！嘘，我哥哥来了！关于我的话，不要提一个字。麻烦您把这杉叶藻那边的兰花摘给我好吗？我们的沼泽地上兰花特多，可惜您来得晚了，看不到这里的美丽之处了。"

这时，斯特普尔顿不再追那只小虫了，大喘着气，面孔通红地来到我们身边。

"贝莉，是你！"他的语调并无诚意。

"杰克，你跑得很热吧。"

“是呀，我刚才在追一只大飞蛾，那是只在晚秋时才可见到的。真可惜，没有捉到！”他说话时一双小眼睛不时地朝我和那女子脸上看着。

“看得出，你们已经自我介绍了。”

“是啊，我正对亨利爵士说，他来得太晚了，沼泽地上的美丽之处已看不到了。”

“啊，你以为这位是谁呀？”

“我想他一定是亨利·巴斯克维尔爵士。”

“不对。”我说道，“我不过是个卑微的普通人，我是华生医生，爵士的朋友。”

她那富于表情的面孔因懊恼而泛起红晕。“我们竟然在误会中谈起天来。”她说道。

“没关系，你们谈话的时间并不长呀。”她哥哥说话时仍怀疑地看着我们。

“我没把华生大夫当作客人，而是把他当作本地住户和他谈话。既然来了，您不想看一看梅利瑟的房子吗？”她以邀请的口气对我说。

不多一会儿，我们就到了沼泽地上的一座苍凉孤独的房子前，从前这是牧人的农居，可现在已变成一幢新式的住宅。四周被果园环绕着，那些树大多矮小，发育不良。一个干瘦、衣着陈旧的老男仆把我们请了进去。里面的屋子很大，室内布置得整洁而高雅。我从窗口向外望着，那绵延无际的花岗岩般的沼泽地，向着远方地平线起伏着。我纳闷，这位受过高等教育的男子和这个美丽的女士怎么来这儿居住呢？

“选了个怪里怪气的地方，可我们在这儿过得很快乐，”他像是看出了我心里在想什么，“不是吗？贝莉？”

“很快乐。”她很勉强地说。

斯特普尔顿说：“我曾在北方办过一所学校，那种工作对我这种性格的人来说，不免枯燥乏味，但能和青年们生活在一块总是愉快的。可后来，我们的运气不好，学校里发生了严重的传染病，死了三个男孩。学校遭到这次打击后，我的资金几乎全部赔了进去。关闭学校后，由于我对动物学和植物学强烈爱好，这里又可以提供很多材料，我和我妹妹一样深爱着大自然研究工作。我说的这些，是不是您所了解的？”

“我曾想过这里的生活对你适合，对你妹妹却有些枯燥乏味了。”

“不，我并不觉得枯燥。”她赶紧说。

“我们有书，有关注的事业，还有着有趣的邻居。莫提默医生在他那一行里可有学问了！可怜的查尔兹爵士也是可亲的同伴。我们对他很了解，并深深地怀念他。今天下午我是否该去拜访一下亨利爵士？”

“我想，他见到您会很高兴的。”

“那么，最好顺便说一下，等他方便的时候，我再去吧。华生大夫，我收集了许多鳞翅类昆虫，您愿意上楼看看吗？等您看的时候，午饭就准备好了。”

我不想在这儿久留，那阴惨的沼泽地，不幸的小马和那令人毛骨悚然的声音都给我的心灵蒙上一层忧伤的色彩。我急于要回去看看我的委托人，他怎么样了，斯特普尔顿小姐真诚的警告不是要对他说吗？我婉拒了使我留下来吃午饭的邀请，说了一会儿话后，我马上踏上归途，顺着来时的那条长满野草的小路走了过去。

我没费多少力气地沿着原路走着，还没走到大路，就惊异地看到斯特普尔顿小姐正坐在小路旁的一块石头上。她由于经过剧烈运动，脸上泛出美丽的红晕。

“华生医生，为了截住你，”她叉着腰说，“我连帽子都没戴就一口气跑过来了，我想对您说声抱歉，我竟把您当成亨利爵士了。请把我说的话都忘了吧，这些话别放在心上。”

“斯特普尔顿小姐，这些话我是忘不了的，”我对她说，“我很关心我的朋友亨利爵士的安全，您为什么让他赶紧回伦敦去了呢？”

“这只是女人的一时之念罢了，华生大夫，以后您对我了解更深的时候，就会知道我的一言一行并不都能说出个所以然来。”

“不对。我记得您那时的眼神，那发抖的音调。请您对我如实地说吧，斯特普尔顿小姐，我一到这里就感到周围满是疑团。生活已经变得像格林盆泥潭一样了，到处都是一片片的绿丛，人们会在那里陷入泥地，却没有一条脱身的道路。告诉我吧，这究竟是怎么一回事？”

她的脸上闪过一缕犹豫不决的神情，就在要回答我的时候，她的两眼马上又变得坚决起来。

“华生大夫，您想得太多了，”她说道：“我哥哥同查尔兹伯爵交情很深，得知他的噩耗后，我们都非常震惊。在这悲剧发生之后，我感觉他所表现的恐惧是事出有因的。现在这家人的后代要来这儿住，我自然感到很是担忧，觉得灾难会降临到他的身上，因而我说了那些话。”

“您所说的危险是什么呢？”

“您不知道那个猎狗的故事吗？”

“我并不相信那个谣言。”

“可是我相信。如果您能劝说亨利爵士的话，就让他永远别到那是非之地。四海之大，上哪儿不能安身呢？”

“亨利爵士既然来了，就不怕那个危险的地方。除非您再详细地说说，不然他决不会离开那里的。”

“很抱歉，我说不出更多的了，因为我根本就不知道任何具体的东西。”

“我再问您一个问题，斯特普尔顿小姐，你怎么不愿意当你哥哥的面说那些话呢？这里面另有隐情吗？”

“我哥哥盼望着这座庄园有人住下来，那样的话会给穷人带来好处。如果他知道我说那些话，他会大发雷霆呢。现在我已经尽了我的责任，我得回去了。不然，他找不到我，就会怀疑我来和你见面了。再见吧！”说完，她转身走了。

我望着她消失在乱石之中的身影，怀着莫名的恐惧转身向巴斯克维尔庄园走去。

华生医生的第一份报告

从那个时候起，我就按照事情发生的来龙去脉，写了很多很多的信给福尔摩斯，自己也留了副本。虽然其中有一篇已经遗失，但我确信我现在所写的内容与事实肯定完全一致，绝无出入。我相信这些都充分表达了当时的感觉和疑虑。

福尔摩斯：

我以前发的信和电报，相信已使你及时地了解了在这个角落里所发生的一切。无论谁在这里呆得愈久，沼泽地的神秘就深深地侵扰着他的心灵，它那可怕的魔力是那么的大，只要你走到沼泽地的中心，你就再无法看到现代文明的痕迹，到处是远古时期的遗址，还有他们那些坟墓和粗大的石柱，当你在斑驳的山坡上，看到那些用灰色岩石建成的小屋子和低矮的门洞里，爬出一个身披兽皮、毛发茸茸的人，将燧石箭搭在弓弦上的时候，你不必感到任何惊讶和困惑。奇怪的倒是在这一直都是最贫瘠的土地上，竟生活着那么多人类的祖先。我并不是个考古学家，可是我相信这些都是顺从和不与命运抗争的种族，被迫居住在这块谁也不愿居住的地方。还是让我回到关于亨利爵士的事情上来吧。

如果说你前些时候没有收到什么报告的话，那是因为一直还没有什么值得报告的事。可是，后来却发生了一件十分惊人的事情，我现在就详详细细地向你报告吧。

我要说的是那个逃犯，从他逃跑以来已有两星期了，但却没有人见过他，也没有听到过有关他的消息。确实难以想象，他在这期间能坚持待在沼泽地里。藏匿是不存在问题的，但除非他能捕杀沼泽地里的羊，否则他没有什么吃的东西。因此我们只能认为他已经逃走了，而那些住得边远的农民们也就可以睡得安稳些了。

我们4个男人住在一起，因此还能很好地照顾自己。可是当我一想起斯特普尔顿这一家，心中就会感到不安。他们住的地方方圆几英里都无人烟，家中有一个女仆、一个老男仆和他们兄妹共4人，假如这个来自瑙亭山的逃犯一旦闯进他家的话，面对这样一个不要命的家伙，那就无法预料会发生什么情况了。亨利爵士和我都很关心他的处境，但是斯特普尔顿本人对此却不以为然。

现在这位准男爵，对斯特普尔顿的妹妹已开始表现出相当大的兴趣来了。对像他这样一个好动的人来说，在如此一个孤寂的地方实在是很无聊，而她又是那样貌美热情，表现出一种热带的异国情调，这一特点和她哥哥的冷淡形成了奇特感。他肯定有一种能左右她的力量，因为我曾亲眼看到，她在说话时不断地望着他，好像她说话都必须得到他的同意似的。

第一天斯特普尔顿就来拜访了亨利爵士，第二天早晨又带领着我们两人去看据说是那段传说的出事地点。在沼泽地里走了好几英里，我们在两座乱石岗的中间，发现了一段短短的山沟，沿着这条山沟走去，就是一片开阔而多草的空地。空地中央矗着两块巨石，顶端已被风化得成了锥形，活像是什么野兽的被磨损了的獠牙。这个景象与传说中的那个悲剧的情景相符。亨利爵士对此情景很感兴趣，并且多次地问过斯特普尔顿，是否相信妖魔鬼怪真的会干预人类的事。而斯特普尔顿的回答却非常小心，显然很易看出他不想多说话，似乎在观察男爵情绪的变化，他不愿把自己的意见全部说出来。他甚至说有些家庭也曾遭受过这恶魔的骚扰。

在回来的途中，我们一起在梅利瑟吃了午饭，亨利爵士和斯特普尔顿小姐就是在那认识的，而且他们双方似乎是一见钟情。我们回家的路上，亨利爵士还一再提到她。从那以后，我们几乎每天和他们兄妹相见。人们必定会认为，斯特普尔顿一定会欢迎这两人的结合了，但是我曾多次看到，每当亨利爵士对他妹妹有热情的表示，斯特普尔顿的脸上就露出反感的神情。我敢肯定地说，他不想这二人的亲密感情发展为爱情，而且还曾想尽方法不使他俩有机会独处密谈。你曾指示过我不许亨利爵士单独出去，可是现在已掺进爱情的因素，这就更难办了，如果我不折不扣地执行你的指令的话，那我可能就会变成不受欢迎的人了。

有一天，莫提默和我们一起吃饭，他在岗地发掘了一座古坟，得到了一具史前人的颅骨，显得极其兴奋。后来斯特普尔顿兄妹也来了，在亨利爵士的请求下，这位为人善良的医生就领我们到水松夹道去了，给我们说事情发生的全部经过。那条水松夹道，被夹在两排高高的并剪齐了的树篱中间，小路两侧都各有一条狭长的草地，远处有一个破旧的凉亭。从那扇开向沼泽地的小门出去，外面就是宽阔的沼泽地。我在心中试着想象发生过的事情。大概是当老人站在那里，他看见有个东西正穿过沼泽地，向他这边跑过来，而那东西竟把他吓坏了，使他惊惶失措地奔跑起来，一直跑到筋疲力尽倒地而死。他那时看到的是沼泽地上一只看羊的狗吗？或是看到了一只一声不叫的鬼怪似的黑色大猎狗呢？或是有人在暗中捣鬼？是不是那白皙而警觉的白瑞摩对其所知道的情况，还故意隐瞒呢？这一切都显得那么扑朔迷离。

自上次给你写信后，我又遇到了另一邻人，他就是赖福特庄园的弗兰克兰先生，居住在我们南面约4英里的地方。他头发银白，面色红润，是一位长者，但他的性情十分暴躁，他对英国的法律很有研究，经常为打官司花掉大量的财产。有时他竟拦断一条路并反抗教区让他开放的命令；有时竟亲自去拆毁别人的大门，并声言以前这里是一条通路。他精通个人权益和公共法，他有时利用他的知识维护居民的利益，但有时又用这些知识反对他们。因此，他有时被人胜利地抬起来走过村中的大街，有时又被人做成草人烧掉。据说目前他还有7宗未了的讼案，等他的钱财全耗尽了，他就会像一只被拔掉毒刺的黄蜂那样，再也不能惹事害人了。他也是个业余天文学家，有一架妙不可言的望远镜，他就一天到晚地伏在屋顶上向沼泽地瞭望，盼望能发现那个逃犯。假如他能把精力都花费在这件事情上，那么一切也都会太平无事，可是据说他现在正想以未经死者家人的同意而私掘坟墓的罪名，控告莫提默医生。因为莫提默从岗地的古墓里，掘出了一具新石器时代人的颅骨。

我已介绍了那个逃犯、斯特普尔顿、莫提默医生和赖福特庄园的弗兰克兰。下面再让我告诉你一些关于白瑞摩的事情作为结束吧，特别是昨晚的那种惊人发展更加要注意。

第一件就是关于那封目的为证实白瑞摩是否真的还待在这里的电报。我已向你说明，从邮政局长那里试探毫无成果。我把这事告诉了亨利爵士，可是他亲自把白瑞摩叫来，问他是否亲手收了那封电报。而白瑞摩说是的。

“那孩子亲自交给你的吗？”亨利爵士问道。

白瑞摩好像很惊讶，稍稍地考虑了一会儿。

“不是，”他说道，“当时我正在小屋楼上，是我妻子把电报给我送上来的。”

“是你亲自回电报的吗？”

“不是，我告诉妻子应当怎样回复，她就下楼去写电文了。”

当天晚上，白瑞摩又向我们重新提起这个问题。

“我不明白，今天早晨您提出那个问题，”他说道，“不是说我已做了什么事使您对我非常失望吧？”

亨利爵士向他保证说绝无此意，并且把自己许多旧衣服都给了他，为的是使他安心。这时，在伦敦置办的东西现在已经全部运到。

白瑞摩太太却引起我的注意，她生得肥胖结实，行为拘谨，面孔总是带着清教徒般的严峻，是一极不易动感情的人。以前我还告诉过你，在我刚到这里的第一天晚上，曾听到她伤心的啜泣声，自那以后，我不止一次地看见她面上有泪痕，内心好像充满着悲哀。有时我想，是否她做过什么内疚的事，或者白瑞摩是个家庭的暴君。但是昨晚的奇遇却消除了我以前全部的疑虑。

你知道，我是个睡眠不熟的人。又因为我在这里时刻警惕着的缘故，昨晚大约在午夜二点钟时，我就被屋外的脚步声惊醒了。我起来打开房门，偷偷往外窥探，在走廊的地上有一条长长的黑影，那是一个手拿蜡烛、悄悄地沿着过道走去的身影，他身穿衬衫和长裤，光着脚。从他的身材可以看出，此人就是白瑞摩。他走得慢，又很谨慎，十足的鬼鬼祟祟的样子。

那环绕的走廊有一段阳台插进来，而在阳台的另一侧，又继续向下延续。我等到他不见了，然后跟踪上去，当我走近阳台时，他已走到了走廊的尽头，我看到了由一扇开着的门里射出来的灯光，就知道他已走进了一个房间。由于这些房间既无陈设又无人居住，所以他的行为就更加显得诡秘。我轻手轻脚地沿走廊走去并从门边向房里窥探。

白瑞摩拿着蜡烛在窗前弯着腰，头凑近窗玻璃，在他向漆黑的沼泽地注视时，面部因为焦急，显得十分严峻。他站在那里观察了几分钟，然后深深地叹了口气，做了个不耐烦的手势，弄灭蜡烛。我立刻就回房了，不久就传来了他往回走的脚步声。过了很久，当我刚要朦胧入睡之际，我听到有拧锁头的声音传来，可是我说不出声音从哪里来。我不知道这些都意味着什么，但是我相信在这阴森的房子里，正在进行着一件隐秘的勾当，我们迟早会把它搞清楚的。我不愿先入为主地说出我的猜测，因为你只要求我提供事实。今天早晨我和亨利爵士进行了长谈，并根据我昨晚的观察，我们拟订出一个行动计划。这在我的下一篇报告里会告诉您的。

自巴斯克维尔庄园

十月十三日

华生医生的第二份报告

——荒原上的灯光

亲爱的福尔摩斯：

在我刚刚接受这个任务开始的几天里，的确没有什么重要的消息要提供给你，不过你要清楚我现在在弥补被损失掉的时间，而且眼前的事情接踵而来，会变得更加复杂了。在我上一次的报告中，事情最后以白瑞摩站在窗户边为高潮结束了。现在，如果我没有弄错的话，我已经对这件事的情况有了十分的了解，你一定会对此感到惊讶的。我完全没有预料到事情竟有了转机。在过去的四十八小时里，在某些方面，事情将变得更加明晰；而在另一些方面，则要用更加复杂来形容。不过我会把一切缘由告诉你，让你自己来判断。

在我跟踪白瑞摩的第二天早上，吃早餐前，我穿过长廊去查看了前一天晚上他去过的那个房间。我注意到，之前他那么专注地凝视的西面那扇窗户，和这所房子里的其他任何窗户都不一样——透过它能最近地看到荒原的全貌。窗外的两棵树之间的空隙能让人从这个位置俯瞰到整个荒原，而其他的窗户却只能让人远远地观望到荒原的一部分。因此可以推断，白瑞摩肯定是在荒原上寻找某样东西或者某个人，因为只有这个窗户对他来说最合适。那天晚上外面那么黑，我很难想象他能看到什么人。猛然间我想到很可能他身上正发生着某件桃色事件，这倒是能解释他为什么行事这么鬼鬼祟祟的，而他妻子又为何忧虑不安。白瑞摩这人长相仪表堂堂，轻而易举地就能俘获一个乡下姑娘的芳心，所以看来我的结论还是挺有道理的。那天晚上我回到房间后听到的开门声，很可能是他出去幽会的声音。因此尽管可能还没什么依据，那天早上我自己还是推论了一番，并且向你说明一下我的疑问。

不过，不管白瑞摩的怪异举动到底是怎么回事，我都感觉有责任要把这件事和盘托出，而不是一直隐瞒下去留给自己去调查清楚。所以早餐后我和男爵在他书房里进行了一次谈话，我把自己的所见所闻都告诉了他。有点出乎我的意料，他并没有很惊讶。

“我知道白瑞摩夜里走动的事情，我是想要跟他谈谈这件事的，”他说，“有两三次我听到他在走廊里的脚步声，出去又回来，刚好是你说的那个时间。”

“那么或许他每晚都去那个窗子那儿，”我提醒道。

“有可能。如果真是这样，我们或许可以盯着他，看看他到底在干什么。我好奇如果你的朋友福尔摩斯在这儿他会怎么做。”

“我相信他肯定会像你刚才说的那样去做，”我说，“他会跟踪白瑞摩，弄清他在搞什么把戏。”

“那我们就一起行动吧。”

“可是他一定会听到我们的声音。”

“他那人耳朵很背的，反正不管怎么样我们得冒险试试。今天晚上咱们就在我房间里，等着他经过。”亨利爵士兴奋地摩拳擦掌，显然对他而言，这么一次冒险被他当成了过于平静的荒原生活的调剂。

男爵联系了为查尔斯爵士设计建筑计划的那位设计师，以及伦敦的一位承建商，所以我们预计这里不久就会发生天翻地覆的变化了。另外有来自普利茅斯的装潢师和家具商，看来我们的朋友胸有成竹，要不怕麻烦不计投入地重建他家族的辉煌。房子一经重新整修装饰完毕，他所缺少的就是一位女主人了。我们能清楚地看出来，只要那位女士愿意，女主人之位就不再是虚位以待了。因为我还从来没见过有男人像他这样为我们美丽的女邻居——斯特普尔顿小姐——如此着迷的。然而在这种情况下，追求真爱的道路却不是那么平坦。比如今天，一个意外的波澜打破了原本的平静，这使得我们的朋友非常困惑和恼怒。

结束了前面我提到的关于白瑞摩的谈话，亨利爵士戴上帽子准备出门。我很自然地要跟着他一起出去。

“怎么，你也要来吗，华生？”他问道，一边古里古怪地看着我。

“那得看你是不是要去荒原上了，”我说。

“是啊，我要去荒原。”

“那好，你是知道我的任务的。很抱歉，我无意冒犯，但是你当时也听到了福尔摩斯的要求有多么坚决，我决不能离开你，尤其是决不能让你独自一人到荒原上去。”

亨利爵士面带愉快的微笑，把手放在我肩膀上。

“老兄，”他说，“聪明如福尔摩斯，一般也预料不到我来到荒原后发生的所有事情。你明白我的意思吧？世界上可再也找不到一个像你这样令人扫兴的人了。我得单独出去。”

这让我感觉进退两难。一时之间我不知道该说或者该做些什么，还没等我想好该怎么办，他已经拿起手杖走了出去。

但是当我仔细考虑一下后，我的良心马上受到了严厉的谴责，无论如何我都不应该让他走出我的视线。我想象着，如果因为我对你的指示的疏忽而导致了某种不幸的发生，那么当我回去面对你时，该会是怎样一种心情。我得说，一想到这我的脸都红了。现在去追他也许还来得及，于是我立刻就朝着美悦比特宅第出发了。

我以最快的速度沿着道路追去，可是却没有看到半点亨利爵士的踪影，我一直跑到那个荒原小径的岔路口。在那里我担心我可能完全走错了方向，就爬上了一个小坡——就是那个黑乎乎的采石场形成的高坡，好四下观望一下。我马上就看到他了。他就在那条荒原小径上，距离这里大约四分之一英里的地方，他身边有位女士，除了斯特普尔顿小姐还能是谁呢，很明显他们是事先约好了的。他们走得很慢，在深谈着什么，我看到斯特普尔顿小姐不停地做着手势，很认真地在说着什么，而亨利爵士则听得很专注，偶尔摇摇头表示完全不同意。我站在乱石堆里看着他们，完全不知道接下来该怎么办。跟踪上前打断他们私密的谈话，似乎会引起愤怒，可是我强烈的责任心又不允许他离开我的视线一步。跟踪监视一个朋友，可真是件可恶的任务！不过我找不到比站在这里看着他们更好的办法，为了良心好过一点，我只好事后再向他解释了。说真的，如果有什么突发的意外事件威胁到他，我也离得太远帮不上忙，但我相信你会同意我，我的处境实在太尴尬，也没有更好的办法了。

我们的朋友亨利爵士和那位女士在小径上停了下来，站在那儿完全沉浸在他们的谈话中，这时我突然注意到，我不是唯一旁观他们谈话的人。我的视野中出现了一抹绿色在空中浮动，再仔细一看，是一个人拿着一根顶端是绿色的杆子，正在崎岖不平的地上跑着。原来是斯特普尔顿拿着他的捕蝶网，他比我距离那对人要近得多了，似乎正在朝着他们跑去。就在这时，亨利爵士突然把斯特普尔顿小姐拉向他的身边，用胳膊环抱着她，可是我看到她的脸避开了他，似乎想尽力挣脱开。他低头向她俯身下去，而她却用一只手反抗着。紧接着我看到他俩分开了，都急忙转过身去，原来是因为斯特普尔顿的出现。他急切地冲向他们，他那个捕蝶网在他身后来回摇晃着显得十分可笑。他在这对恋人面前激动得手舞足蹈，看到这一场面我实在不明白是什么意思，不过我看斯特普尔顿似乎在辱骂亨利爵士，丝毫不理会后者的解释，而且变得更加愤怒。那位女士高傲地站在那儿，沉默着。最终，斯特普尔顿转过身，专横地向妹妹示意，后者犹豫地看了亨利爵士一眼，跟着他的哥哥走了。这位自然学家愤怒的姿势说明她让他极为不满。男爵在那儿站了一会，目送他们离开，然后慢慢地顺着来时的路向回走，耷拉着头，一副很沮丧的样子。

我想不出这一切到底是怎么回事，可是没有让我的朋友知道我目睹了这么一幅私密的画面，我感觉十分羞愧。于是我跑下山坡去找他，他脸上因为生气而面红耳赤，眉头紧蹙，一副束手无策的样子。

“啊！华生！你这是打哪儿蹦出来的？”他说，“你该不会告诉我，你还是跟着我来了吧？”

我向他解释了一切：我一个人留下是如何不安，我又是怎么跟着他，还有我是如何目睹了发生的一切。起初他对我怒目而视，但是我的坦率化解了他的怒气，最终他十分懊恼地笑了起来。

“你可能觉得这个荒原的中心是个相当安全、足够私密的地方，”他说，“可是，天啊，可能整个村落的人都看到我的蠢事了——我是在多么蹩脚地追求一位女士啊！你是从哪儿看到的？”

“我在那边山坡上。”

“哦，距离挺远的嘛！但是她那位哥哥却在我们眼前。你看到他朝我们跑来了吗？”

“是啊，我看到了。”

“你觉不觉得他简直就像疯了似的——她那个哥哥？"

“我以前从来没见过他这副样子。”

“我也没见过。我在今天以前一直都觉得他是个明事理的人，不过我敢保证，我和他当中有一个肯定是疯了。可是我到底怎么了？华生，你跟我一起生活了好几个星期了。坦白告诉我，快点！我有哪一点配不上我爱的这位女士，不能成为她称职的丈夫呢？”

“我觉得没有。”

“他既不反对我的社会地位，所以他一定是挑剔我这个人了。他因为什么讨厌我呢？我一生中从来没有伤害过我认识的人。然而他却连她的手指都不让我碰。”

“他是这样说的吗？”

“不止这些，甚至还有更多。我跟你说，华生，我跟她相识才这么几个星期，可是从第一眼看到她，我就感觉她是我生命中梦寐以求的另一半，而她也是——她跟我在一起时很开心，这一点我敢确定。女人的眼神比语言更能说明问题。但是斯特普尔顿却从来不允许我们单独在一起，只有今天我才第一次看准机会单独约她说几句话。她很高兴见到我，可是见到我她并不跟我谈情说爱，她也尽量制止我谈论这些，只是不停地说这是个危险的地方，除非我能离开这儿，否则她不会快乐。我告诉她，自从我见到她，就再也不想离开这儿了，而她如果真的想让我走，唯一的办法就是让她跟我一起走。我说了很多话向她求婚，但是她还没来得及回答，她的哥哥就朝我们冲过来，脸色像个疯子一样。他气得一张脸发白，暴怒的眼睛里像是要喷出火来。我对那位女士做什么了？我怎么敢做令她厌恶的事呢？难道我因为自己是男爵就为所欲为吗？如果他不是她的哥哥，我知道怎么更好地回答他。我如实告诉他，我并不觉得我对他妹妹的感情有什么可耻的，而且我希望自己有幸能娶她为妻。这样说也没有使事情有任何好转，于是后来我也发了脾气，考虑到她就站在旁边，也许我跟他说话时不该那么大发雷霆。最后，正如你所看到的，她跟着他走了，而我呢，简直完全被搞糊涂了。华生，你告诉我这到底是怎么回事，我会感激不尽的。”

我试着提出一两种解释，可是实际上，我自己也完全是一片茫然。我们的朋友财富地位显赫，正处于年富力强的黄金年龄，相貌脾性都无可挑剔，除了厄运带给他们家族的阴影，我实在不知道还有什么问题。不征求一下斯特普尔顿小姐本人的意愿，就这么粗暴地阻拦，而在这种情况下，她竟然也毫不反抗地就接受了，真让人感到惊讶。不过，我们的猜测当天下午就被斯特普尔顿本人的来访平息了下去。他是来为他早晨时的鲁莽道歉的，他和亨利爵士在书房里私下进行了一次长谈，最终前嫌基本被消释了，这从下周五我们要去美悦比特宅邸吃饭可以看出来。

“我现在并不是说他不是个疯子了，”亨利爵士说，“我忘不了今天早上他冲向我时的那种眼神，但我也得承认，没有人能像他那样如此大方地向别人道歉。”

“他解释过他的行为了吗？”

“他说，他的妹妹是他生命的全部，这是很自然的事，我很高兴他妹妹在他心目中的地位如此重要。他们一直生活在一起，按照他的说法，他一直非常孤独，只有妹妹与他相依为命，因此他只要一想到会失去她就会让他抓狂。他说他一直不知道我喜欢她，但当他亲眼见到事实，并感觉她要从他身边离开时，他仿佛挨了当头一棒，一时间完全不知道自己说了什么话做了什么事。他为早上发生的一切感到抱歉，同时他也认识到，自己要把这么漂亮的妹妹留在身边，却不顾她一生的幸福是多么的愚蠢和自私。如果她一定要离开他，那他也宁愿把她嫁给像我这样的邻居，而不是别人。不过无论如何这对他来说是个打击，他需要一段时间来调整自己，为以后做好准备。如果我答应他暂时将这件事搁置三个月，并且这段时间内与他妹妹保持朋友关系而不再要求她的爱情，那么他决不会再有任何反对。我答应了他，这件事也就算解决了。”

于是困扰我们的一个小疑问也就这样被弄清了，就像我们在沼泽地里挣扎，终于在某个地方触到了底。现在我们知道了为什么斯特普尔顿不喜欢他妹妹的追求者——即使是像亨利爵士这样条件优越的追求者。好了，现在我要转入从这一团乱麻中抽出的另外一条线索，就是夜晚中神秘的啜泣声，白瑞摩太太脸上的泪痕，还有男管家到西边格子窗户旁边去的事情。祝贺我吧，福尔摩斯，跟我说我没有让你失望——你不会后悔当时那么坚定地派我到这里来。所有这些事情我只经过一个晚上的侦查就水落石出了。

我说是“经过一个晚上”，但实际上是两个晚上，因为第一天晚上我们一无所获。我和亨利爵士在他房间里坐等到将近凌晨三点钟，可是除了楼梯上钟表的报时声外，我们没有听到任何声音。这真是一次最令人郁闷的守夜，最后我们两个都在椅子上睡着了。所幸我们并没有因此而气馁，并决定再试一次。第二天晚上我们把灯弄暗,坐着抽烟,不发出一点点声响。时间慢得简直令人难以置信,我们像猎人守候陷阱等待开始捕猎游戏一样，充满兴致而耐心地挨过了整个夜晚。钟表敲了一下，两下，就在我们再一次要在绝望中放弃时，猛然间我们不约而同地从椅子里挺直了身子，已经松懈的神经一下子又警觉起来。我们都听到了走廊上咯吱咯吱的脚步声。

我们听见那声音偷偷摸摸地从门前经过，一直消失在远处。接着男爵轻轻地打开门，我们循着声音追了出去。这时我们的目标已经转到了回廊，走廊里一片漆黑。我们蹑手蹑脚地走到长廊的另一边，正好瞥见他高大的身影，蓄着黑胡须，宽阔的肩膀，踮着脚消失在走道里。他进了上次的那个房间，黑暗中透出的烛光显现出门的轮廓，一道黄色的光线落在黑暗中的走道上。我们小心翼翼地向它挪过去，每一步全力踩到地板上之前都先试探一下。为了小心起见，我们提前把靴子脱了，可是即便这样，在我们的踩踏下旧地板还是咯吱作响，有时候觉得他不可能会听不到我们走近的声音。不过幸运的是，他这人耳朵很背，完全专注于自己正在进行的事情。最终我们靠近了门，向里面偷看，发现他正蹲伏在窗边，手里拿着蜡烛，他那苍白的脸正专注地贴在窗格子上，就和我前天夜里看到的一样。

我们没有事先安排计划行动，而男爵是那种自然而然就采取最直接行动的人。他走进房间，听到声音，白瑞摩倒抽了一口气，一下子从窗子旁边跳了起来，脸色青灰，浑身抖如筛糠地站在我们面前。他脸色惨白，睁大着一双深色的眼睛来回盯着亨利爵士和我，充满了恐惧和惊讶。

"你在这儿做什么呢，白瑞摩？"

"什么也没做，先生，"他惊恐紧张得几乎说不出话，影子也随着他手里蜡烛的抖动而摇摆不定，"是窗子，先生，夜里我都是四处走动一下，看看它们有没有被关好。"

"二楼的窗子？"

"是的，先生，所有的窗子。"

"是这样的，白瑞摩，"亨利爵士严厉地说道，"我们下定决心要让你说出实情，所以你最好趁早说出来，省得麻烦。快点，说吧！不许撒谎！你在这窗子边上到底干什么？"

这家伙无奈地看着我们，疑虑重重又痛苦不安地绞着两只手。

"我并没有伤害到别人，先生，我只是把蜡烛拿到窗边。"

"那你为什么要把蜡烛拿到窗边呢？"

"别问我，亨利爵士——不要问我！我向您保证，先生，这不是我自己的秘密，我不能说。如果这不牵扯到别人而只是我自己的话，我绝不会向您隐瞒的。"

我突然有了个想法，我从男管家颤抖的手中拿过了蜡烛。

"他一定是一直举着蜡烛当做信号，"我说，"让我们来看看有没有回应。"我像他刚才那样举着蜡烛，注视着窗外黑漆漆的一片。因为月亮被云彩遮住了，模模糊糊之间，我能分辨出深色的是斑驳的树影，浅一点的是广阔的荒原。这时我不由得发出一声惊叫，因为在黑色的夜幕中突然发出一点非常细微的黄光，稳稳地正对着黑暗的方形窗框的中央。

“在那儿！”我喊道。

“不，不是的，先生，那什么也不是——根本什么都没有！”管家打断我，“我向您保证，先生——”

“华生，把你的灯在窗户那移动一下！”男爵喊道，“看，那边的灯也动了！好啊，你这坏蛋，你还抵赖说那不是信号？快点，说吧！你那边的同伙是谁？你们这是在进行什么阴谋？”

这个人脸上显现出倨傲不逊的样子。

“这是我个人的事，与你们无关。我不会告诉你们的。”

“那么你现在被解雇了。”

“很好，先生。如果我必须要走，那我肯定会走的。”

“你这样走可太不光彩了。岂有此理，你也要为你自己感到羞耻。你们家族和我们家族已经在这同一个屋檐下生活了一百多年，而你现在却被我发现在进行要加害于我的勾当。”

“不，不是的，先生，不，没有要害您！”传来一个女人的声音。白瑞摩太太正站在门口，脸色比她丈夫还要苍白，神色更加惊恐。如果不是她脸上认真的表情，她那大披巾和裙子下面巨大的身躯可真够滑稽的。

“我们得离开这儿，伊莉莎。这就是最终的结果。你去收拾一下我们的东西，”管家说道。

“啊，约翰，约翰，是我把你连累到这个地步的吗？都是我做的，亨利爵士——全是我做的。他没做错什么，都是为了我，是因为我请求他做的。”

“那就说出来！这到底是怎么回事？”

“我那可怜的弟弟就快饿死在荒原上了，我们不能让他死在我们的家门口。这烛光是我们的信号，告诉他食物已经给他准备好了，而他那边的灯光是告诉我们送食物的地点。”

“那你的弟弟是——”

“就是那个逃犯，先生——罪犯塞尔登。”

“事实就是这样的，先生，”白瑞摩说，“我说过了那不是我一个人的秘密，所以我不能告诉您。不过现在您已经听到了，您看这其中有没有任何一点要加害您的意思。”

于是，这就有了关于夜里偷偷摸摸的活动和窗子旁边的灯光的解释了。亨利爵士和我都惊讶地盯着这个女人。眼前这个冷漠体面的女人可能会和那个臭名昭著的罪犯有着相同的血统吗?

“是的，先生，我的姓氏是塞尔登，那是我弟弟。当他还是个孩子的时候，由于我们太纵容他了，什么事都由着他自己的意愿，于是他就以为这个地球都围绕着他转，可以为所欲为了。后来他长大了，交了些坏朋友，他变得越来越坏，伤透了我妈妈的心，也玷污了我们的姓氏，犯下了一桩又一桩的罪行。他越陷越深，最终因上帝的垂怜他才没有被送上绞刑架。可是对我来说，先生，他一直都是被姐姐从小照顾的、曾经一起玩耍的那个鬈发小男孩。那也是他越狱的原因，先生，他知道我在这儿，知道我们不能不管他。一天晚上他拖着疲惫饥饿的身体来到这儿，狱卒还在拼命追捕他，我们能怎么办呢?我们带他进来，给他饭吃，照顾他。后来您回来了，先生，我弟弟认为他在荒原上会比在其他任何地方都更安全，一直等到这一阵风声过去后。所以他就藏在那儿了。不过每隔一晚，我们会把灯放在窗子那儿，确认他仍然在那里，如果没有回应，我丈夫就会拿给他些面包和肉。每天我们都盼望他已经走了，不过只要他还在那里我们就不能置之不理。这就是全部的实情，我是个诚实的基督徒，您能明白，如果这件事您要责怪的话，应该责怪我，而不是我丈夫，他做的一切都是为了我。”

这女人的话听起来非常诚恳，让人不得不相信。

“这都是真的吗，白瑞摩?”

“是的，亨利爵士。她说的每一个字都是真的。”

“好吧，我不能责怪你帮助自己的妻子，把我刚才说的话都忘了吧。你们两个回自己的房间去，我们明天早晨再进一步讨论这件事情。”

他们离开以后，我们又向窗子外面望去。亨利爵士把窗户打开，夜里的冷风扑面而来。远处黑暗中，那点微弱的黄光还在亮着。

“我真纳闷他怎么敢这么做，”亨利爵士说。

“可能只有从这里才能看到他发出光的地方。”

“很有可能。你觉得离这里有多远？”

“我觉得应该在裂口山附近。”

“离这里不过一两英里。”

“可能还没那么远。”

“好，如果白瑞摩拿食物过去，就不可能太远。而且这个坏蛋正在蜡烛旁边等着呢。天啊，华生，我要去抓住这个人！”

我脑子里也闪现了同样的想法。白瑞摩夫妇并不是真的信任我们，他们是在我们的逼迫下才说出了秘密。那个家伙是个危害社会的危险分子，完全是个恶棍，不能可怜或者原谅他。我们利用这次机会去将他捉拿归案，使他不能再为害他人，那也只是我们应尽的责任而已。如果我们袖手旁观，以他这种残酷暴虐的天性，又有人会遭殃的。比如，我们的邻居斯特普尔顿兄妹说不定哪天晚上可能就会受到他的袭击，这可能也是促使亨利爵士如此迫切地想要冒险的原因。

“我也去，”我说。

“那你带上你的左轮手枪，穿上靴子。走，我们越快越好，否则那家伙可能就会熄了灯跑掉了。”

不到五分钟我们就出了门，开始行动。我们急匆匆地穿过黑暗中的灌木丛，四周秋风低沉萧瑟，树叶簌簌落下，夜晚沉闷的空气里弥漫着潮湿发霉的气息。月亮时不时地从云朵里探出头，不过乌云慢慢堆满了天空。我们刚刚来到荒原上，天上就开始飘起了细雨。灯光还在前方稳稳地亮着。

“你带武器了吗？”我问。

“我带了一根猎鞭。”

“我们必须迅速向他逼近，据说他可是个不要命的家伙。我们得出其不意地抓住他，让他无力反抗，乖乖就范。”

“我说，华生，”男爵说，“要是福尔摩斯的话会怎么办？对于夜晚猖狂的邪恶力量又该怎么办呢？”

仿佛是回应男爵的问题一般，广阔阴沉的荒原上突然响起了那种怪异的叫声，和我之前在格林本大沼泽边缘上听到的一样。这声音穿越寂静的暗夜，伴着风呼啸而来，一声悠长深沉的呜咽声之后，升起了一阵嘶吼咆哮声，接着变成了哀怨的呻吟，最终渐渐停息。这声音一次又一次地响起，整个空气都在这刺耳、狂野、恐怖的声音中悸动。男爵抓住我的衣袖，在黑暗的衬托下我看到他的脸色刷地变得惨白。

“我的老天，那是什么声音，华生？”

“我不知道。那是荒原上的声音，我以前听到过一次。”

声音消失了，死一样的寂静包围了我们。我们站在那里，竖起了耳朵听，可是什么也没有出现。

“华生，”男爵说，“那声音是猎犬的叫声。”

我浑身一片冰凉；由于突如其来的恐惧，他说话也变得结结巴巴的。

“他们认为这是什么声音？”他问道。

“你指的是谁？”

“那些村民们。”

“哦，他们都是些愚昧无知的人。你为什么非要在意他们的想法呢？”“告诉我，华生，他们认为那是什么声音？”

我有些犹豫，但这个问题我无法逃避。“他们说那是巴斯克维尔魔犬发出的吠声。”他咕哝了几句，沉默了一会儿。

“那是只猎犬，”最后他说道，“但似乎是从几英里以外传过来的，我看就是那边。”

“很难说清楚是从哪儿传来的。”

“这声音随着风声起落不定，忽高忽低。格林本大沼泽不是正好在那个方向吗？”

“是的，就在那儿。”

“嗯，就在那儿。那么，华生，你不觉得那是猎犬的吠声吗？我不是小孩子，跟我说实话吧。”

“上次我听到这声音时，斯特普尔顿正和我在一起，他说那可能是一种罕见的鸟的叫声。”

“不，不是，那是猎犬的声音。我的天哪，这些故事里会有几分真实吗？我真的会有可能处于这种不明原因的危险之中吗？你不相信这些吧，是吗，华生？”

“不，我不信。”

“可是在伦敦对此事一笑而过是一回事，而在这个黑暗的荒原上听到这样恐怖的声音又是另外一回事了！还有我的叔父！他死的时候身旁就有猎犬的脚印，这一切都联系起来了。华生，我觉得自己不是一个懦夫，可是那声音几乎让我全身的血液都凝固了。你摸摸我的手！”

他的手冰冷得像块大理石。

“明天您就会好的。”

“我想那声音在我脑子里再也挥之不去了。你说我们现在该怎么办？”

“我们要回去吗？”

“不，决不，我们是出来抓人的，那就要办好。我们在追踪罪犯，说不定一只猎犬正在追踪我们。好啦！就算所有的怪物都从洞穴里跑到荒原上来，我们也要搜查到底。”

我们深一脚浅一脚地在黑暗中摸索着前进，周围是幽暗崎岖的坡地，那一点黄色的光仍然在前面稳稳地亮着。没有什么比这漆黑的夜晚中远处的一点光线更能骗人了，有时感觉那光远在地平线，可有时我们又感觉它近在咫尺。不过最终我们还是看到了它所在的位置，这下确实离得很近了。一支灯光摇曳的蜡烛被放在岩石的缝隙中，两侧的岩壁挡着它正好遮风，除非从巴斯克维尔庄园的方向望过来，否则不会被人发现。一块花岗岩巨石为我们的行踪作掩护，我们从这后面弯身就能望见那支信号蜡烛。看到这么一支孤零零的蜡烛亮在荒原上——就这么一点黄色的火焰和边上岩石的反光，周围连个人影也没有，这幅画面可真够诡异的。

“我们怎么办？”亨利爵士低声问道。

"在这儿等着。他肯定就在这蜡烛附近，我们看看能不能看得到他。"

我的话还没说完，我们俩就同时看到了他。就在亮着蜡烛的那个岩石缝中间，伸出一张罪恶的黄色面孔，一张如同野兽一般可怕的面孔，满脸都是狰狞的表情。他满身发臭的泥污，脸上满是胡茬，头发乱糟糟地堆在头上，这看起来分明是古代居住在山坡洞穴里的一个野人。他那狡猾的小眼睛在他身下烛光的映照下，贼溜溜地向黑暗中左右窥视着，就像一只听到猎人脚步声的狡猾的野兽。

显然有什么东西引起了他的警觉。可能是白瑞摩给了他某些我们不知道的暗号，或者另有原因让这家伙感觉不对劲，因为我能看得出他那邪恶的脸上恐惧的神色，他随时都有可能熄灭烛光冲出去消失在黑暗中。于是我向前跳出去，亨利爵士也随我过来。就在这个时候，那罪犯朝我们尖声咒骂了一句，抄起一块石头砸过来，石头落在我们藏身的巨石旁边打得粉碎。他一下子跳起来转身就跑，刚巧这时月亮从云彩中露出来，我一眼瞥见了他那短小矮胖又强壮的身形。我们冲上坡顶，看到那人正极快地从另一面跑下去，像只野山羊一样踢得石头到处都是。如果我用左轮手枪远射，碰巧能打中他，可我带枪都只是用来防身的，而不是射杀一个逃跑的手无寸铁的人。

我们两个都跑得很快，而且都受过相当的训练，可是很快我们就发现不可能追上他。有好长一段时间，我们在月光下能看见他，一直到他在远处山坡上面变成一个小点，在巨石间迅速移动着。我们一直跑到喘不出气，但是我们和他之间的距离却越拉越远。最后我们停了下来，气喘吁吁地坐在两块岩石上，眼睁睁地看着他消失在远处。

然而就在这时，发生了一件最令人意想不到的怪事。我们从石头上站起身来，放弃了无望的追捕，正要转身回家。月亮低低地挂在我们右边的天空上，一块竖立突出的花岗岩尖顶抵上了月亮下面的银边。就在那块突起的岩石上，在月光的映衬下，勾勒出一个黑檀木塑像般的身形。福尔摩斯，你不要以为这是我的幻觉，我向你保证，我还从来没像当时那样看得那么清楚过。根据我的判断，那是个又高又瘦的人。他两腿微开站在那儿，两臂交叉，低着头，好像正在对着面前满是泥炭和岩石的荒原沉思。他可能就是出没在这恐怖之所的幽灵。这人不是那个罪犯，他距离罪犯消失的地方很远。另外，他的身材要高得多。我惊呼一声，想指给男爵看，但就在我转身抓他胳膊这一刻，那人已经消失了。月亮下面还是那块陡峭的巨石，但尖顶上那个沉默静立的人已经不见了踪影。

我想朝那个方向过去搜索那个岩顶，可是我们离那儿还相当远。男爵还沉浸在他们家族的那个阴暗的故事中，还没从那怪声中恢复过来，没有心情继续探险。他没看到岩顶上那个寂寞的身影，所以感受不到那人突然的出现和那屹立的姿态带给我的震撼。“肯定是个狱卒，”他说，“自从那家伙逃狱之后，荒原上到处都是这种身影。”好吧，他的解释可能是对的，但是我需要进一步地证实这一点。我们打算今天和王子城监狱那边的人联系，告诉他们应该到哪里去追踪逃犯。我们的运气不好，没能成功地把逃犯抓回来。以上就是我们昨晚冒险的经过，福尔摩斯，你必须得承认我向你做的报告还是不错的吧。我跟你讲的大多数事情毫无疑问是不怎么相关的，不过我还是觉得最好是把所有的事实都告诉你，然后由你自己去选择那些对你推理办案最有帮助的内容。我们确有进展，关于白瑞摩，我们已经找到了他那些行为的动机，事情也变得非常清楚。但是谜一样的荒原和那里奇怪的居民仍让人感觉神秘莫测。也许我下次的报告能解开些秘密，不过你最好能来我们这儿。不管怎样，过几天你还会再收到我的信的。

福尔摩斯名言警句

人不要在说明事实的理论上打圈圈，应该配合理论的说明，慢慢解开事实真相。

寄自己巴斯克维尔庄园

十月十五日

1. 华生医生日记摘录

除了给福尔摩斯写的报告迅速地寄出外，我基本上每天都在记日记，以此来增强我对事态的印象。我找几段日记来回顾一下当时的情形吧。

十月十六日——今天浓雾重重，并且露出荒漠起伏的沼泽地来，远处突出的岩石，由表及里沉浸在阴郁的气氛中。亨利男爵由于昨夜的惊恐，心情非常压抑，我的心情也感到异常沉重，总觉得有一种危险向我们逼近。

我们的周围正在进行着一件有计划的罪恶的活动。这庄园中前一个主人的死，验证了这个家族中传说的真实性，农民们也一再声称见到了沼泽地里出现的怪兽。我两次亲耳听到一只猎狗在远处嗥叫，这是超乎自然的事吗？一只魔犬，它留下了爪印，又能吼叫惊天，这真不可想象。斯特普尔顿和莫提默也许会信这套话，庄稼人把那狗说成是妖怪还不够，甚至形容它口、眼都冒着地狱之火。福尔摩斯决不会相信这说法的，我也不相信。事实归事实，我曾两次在沼泽地里听到那吼声。可是，这样一只大猎狗是从哪里来的呢？吃什么？白天为什么没有人见到它呢？

暂且放下这只猎狗不提，在伦敦发现的那个“人”总是事实吧！马车里的那人，警告亨利爵士的信，至少是真的吧，那个朋友或敌人究竟在哪儿，在伦敦吗？跟踪到我们这里来了吗？……会不会是我们看到的在岩岗上站着的那个陌生人呢？

我只看到了他一眼，可有几点我是可以肯定的，他绝不是我在这里所见过的人，他的身形比斯特普尔顿高得多，比弗兰克兰瘦些，他不会是留在家里的白瑞摩。一定还有一个人在尾随我们。只要抓住这个人的话，我们的困难都会解决了。

我的第一种想法是准备把整个计划都告诉亨利爵士，另一种想法，我认为最聪明的想法是自己干自己的，不和任何人谈起。亨利爵士的神经已受到了强烈的刺激，我不能再增加他的焦虑，我必须单独行动了。

今天早饭之后，又发生了一件小事。白瑞摩要求同亨利爵士单独谈话。他俩在书房里关起门来谈了一会儿。我知道所谈的是什么事。过了一会儿，准男爵打开房门把我叫了进去。

“白瑞摩认为在他自愿说出秘密后，我们去追捕他弟弟的做法是不公平的。”他告诉我。

管家就站在我们的面前，面色苍白，可是很镇定。

“爵爷，我说的话可能过分了些，若是这样的话，请您原谅我，”他说道，“今早我听见你们回来并去追捕塞尔登时，感到很吃惊。那个可怜的人，不用他再给我添麻烦了，也真够他苦熬一阵的了。”

“如果你真是自愿地告诉我们的话，事情就另当别论了，”亨利爵士说，“实际上是你太太迫不得已才告诉我们的。”

“我一直没料到您竟会利用这一点，亨利爵士……我真没想到。”

“这个人对社会来说是个危险分子。沼泽地里到处都是孤立无援的人家，而他又是个无法无天的人。比如斯特普尔顿家吧，只有他一个人保护家。除非塞尔登被关进监狱，否则谁也无法安宁。”

“爵爷，他绝不会闯进任何人家的，反正他在这里再不会妨碍别人了，我向您保证，过不了几天他就要到南美。爵爷，我恳求您不要让警察知道他还在沼泽地里。他们已经放弃了对那里的搜捕，他可以一直藏到准备好船只为止。爵爷，我恳求您，什么都不要对警察说。”

“华生，你的看法呢？”

我耸耸肩说：“若是他离开英国，会给纳税人减去一桩负担呢。”

“他会不会在临走前行凶作恶呢？”

“他不会的，爵爷，我们为他准备好了所需要的一切。他若是再发疯，就会暴露藏身之所的。”

“这是实话，我答应你，白瑞摩……”亨利爵士说道。

“上帝保佑您，爵爷，我从心眼里感谢您！如果他再被捕，我妻子一定活不成了。”

“华生，我想咱们是在帮助别人犯罪吧？他刚才说的话，让我觉得干脆别检举那人了。算了吧，白瑞摩，你可以走了。”

那人一边断断续续地说了些感谢的话，一边转身，犹豫了一下又转过身来。

“爵爷，您对我们太好了。有件事，我早就该说出来，这是我在验尸之后才发现的。这事我没对任何人提过，这是件同查尔兹爵士死亡有关的事。”

我和亨利爵士都站了起来。“你知道他是怎么死的吗？”

“不，爵爷，这个我不清楚。”

“那么，你知道什么了呢？”

“我知道他当时要和一个女人见面。”

“和一个女人见面，那女人叫什么？”

“她的名字我没法告诉您，爵爷，我可以告诉您她姓名的字头是L·L。”

“白瑞摩，你是怎么知道的呢？”

“亨利爵士，您伯伯在那天早晨收到一封信。他时常收到一些向他求助的信。可那天，他只收到一封信，那信是从库姆·特雷西地方寄来的，那是女人的笔迹。”

“是吗？”

“爵爷，要不是因为我太太的关系，我恐怕记不起这件事了。几个礼拜前，她在清理查尔兹爵士的书房时，在炉后发现了一封烧过的信纸的灰烬，信已大部分烧成了小纸片，只有信末的一条还算完整，还能看出字迹，上面写着：‘您是一位君子，请千万将此信烧掉，请在十点钟时到栅门那里去。L·L’”

“那张字条还在你那儿吗？”

“没有了，爵爷，我们一动它就粉碎了。”

“查尔兹爵士收到过同样笔迹的信件吗？”

“这个没注意，爵爷，这封信因为是单独寄来的，所以我才注意到它。”

“你搞不清L·L是谁吗？”

“不知道，爵爷，我知道的就这些，如果咱们能找到那个女士的话，咱们就能知道查尔兹爵士的死是怎么一回事了。”

“白瑞摩，这么重要的线索，你怎么一直不说？”

“爵爷，那正是我们的累赘刚刚来到之后。另外，我们爱戴查尔兹爵士，这事兜出来对我们那位可怜的主人没有好处，再说牵扯到一个女人……”

“你认为这一点会有损他的名誉吗？”

“嗯，我想不会有什么好结果。爵爷，您现在对我们这么好，我不能再对不起您。就如实说了。”

“太好了，白瑞摩，你可以走了。”管家走了之后，亨利爵士转身向我说：“华生，咱们得把整个事情弄清楚，有人肯定知道事情真相，咱们得找到她。您觉得该怎样办呢？”

“得马上把全部经过告诉福尔摩斯，这样有价值的线索，他不来这儿，才是件怪事呢。”

我立即回到自己的屋里，给福尔摩斯写了关于今早谈话的报告。我明白他最近忙，从贝克街寄来的信很少，而且写得又短，无疑他的精力全神贯注在那封匿名恐吓信上了。他若是在这里该有多好啊。

十月十七日——今天大雨下了一天，房檐水滴沥沥。我想起那个身处荒凉、寒冷沼泽地里的罪犯，他现在所吃的苦也足以赎罪了吧。傍晚时分，我穿上雨衣雨鞋，在湿软的沼泽地里走出去很远，雨打在我的脸上，风在我的耳旁呼啸，坚硬的高地都变成了泥沼了。我终于找到了那黑色的岩岗，就是在这岩岗上，我看到那个孤独的监视人，我从它那嵯峨的绝顶，一眼望到远近光秃秃阴惨的高地。在远处的山沟里，巴斯克维尔庄园的两座细长的塔楼，隔着雾气，半隐半现地矗立在树林高处。除了那些密布山坡上的史前期的小房外，这里要算是我能见到唯一的人类生活的迹象了。

我往回走时，莫提默驾着双轮马车赶了上来。他一向很关心我们，几乎每天都到庄园看我们生活得好不好。他让我上车，我就搭他的车回家了。他的那条小长耳犬自从有一次乱跑到沼泽地后，就一直没有回来。我尽可能地安慰了他。

“莫提默，我想这里凡是乘马车到达的住家，您大多都认识吧。”

“没有不认识的。”

“那么，您能告诉我，哪些妇女姓名的字头是L·L呢？”

他想了几分钟说，“据我所知，有一个住在库姆·特雷西的叫劳拉·莱昂丝的女人，姓名的开头是L·L。”

“她是谁啊？”我问道。

“她是弗兰克兰的女儿。”

“什么？就是那个老顽童弗兰克兰吗？”

“是呀，她和一个到沼泽地来的叫莱昂丝的画家结了婚。可那个人是个下流的坏蛋，他遗弃了她，据我所知，过错可能并不完全在一方。她的父亲对她的事从来不管，父女俩不和，弄得她陷入窘迫的境地。”

“那她如何生活呢？”

“老弗兰克兰会给她不多的资助，因为他自己被那些乱事拖累得够呛了。她的事传出之后，此地有些人设法帮助她，斯特普尔顿和查尔兹都帮了忙，我也送给她一点钱，以便让她作起打字的营业来。”

我不便对莫提默多说什么。明早我准备到库姆·特雷西去。若是能见到那位艰难度日的劳拉·莱昂丝太太的话，就会有助于调查工作。我一定发展到像蛇一样聪明了，因为当莫提默问到很不便回答的问题时，我随便问了一些无关紧要的事，把话题岔开了。

在这狂风暴雨的凄惨的天气里，只有一件值得记载的事，那就是我刚才和白瑞摩的谈话。

今天莫提默在这吃了晚饭，饭后他和准男爵玩起牌来。白瑞摩到书房来给我送咖啡，我趁机问他：“你的好亲戚走了吗？”

“先生，我不知道。但愿他已经走了，因为他在这里只能给人添麻烦。三天前，我给他送了最后一次饭，之后再没听到他的情况。”

“那一次你见到他了吗？”

“没有，先生，可是我再到那里去时，食物已经不见了。”

“这么说，他一定还在那里呢。”

“先生，除非是另外那人拿去的，他可能走了。”

我盯着他问道：“这么说，你是知道还有另外一个人，你见到他了吗？”

“没见到他，但沼泽地里确实还有一个人。”

“那你是怎么知道的呢？”

“是塞尔登告诉我的，先生，一周前或是更早一些的时候，他也在藏着呢。先生，和您老实说吧，为这事我很是伤脑筋。”他突然带着真挚的情感说。

“你听我说，白瑞摩，我来这里是帮助你的主人，没有别的目地。你究竟是因为什么伤脑筋呢？”

白瑞摩犹豫了一会儿，像是后悔不该随口说出，他突然对着向沼泽地而开的窗户挥手喊了起来：“先生，这些不断发生的事，我敢肯定那里正在进行着一个可怕的阴谋，先生，我真希望亨利爵士能回到伦敦去。”

“使你这样惊恐不安的有什么事实根据吗？”

“您看查尔兹爵士的死，验尸官所说的话，就已经够糟糕的了。那夜间沼泽地发出的怪声，谁敢在晚上从那里经过呢？还有藏在那里的人，他在等待什么呢？对巴斯克维尔家的人来说，绝不是好兆头。”

“关于沼泽地里的那个陌生人，你能告诉我什么吗？塞尔登说过什么吗？他发现那人干了什么勾当吗？”

“塞尔登看到过一两次，他是一个很阴险的家伙，什么情况也不暴露。他原以为他是警察，后来发现他另有企图。据他看来，那人像是上流人物，可他搞不准那人究竟在那儿干些什么。”

“那人住在什么地方呢？”

“他说住在山坡上古老的房子里，就是古代人住过的小石头房子。”

“可他是怎么吃饭的呢？”

“塞尔登发现有一个为他服务的小孩，给他捎去所需的东西，那小孩是到库姆·特雷西去寻找他所需要的东西的。”

“太好了，白瑞摩，这个问题咱们改日再谈吧。”管家走了以后，我透过模糊的窗玻璃，望着外面被大风横扫的树顶连成的高低不一的轮廓线。这样恶劣的天气，在石屋里的感觉不用说了。多么强烈的恨，才能使一个人在这种时候藏在那种地方，是怎样的急不可待的目的，让他如此不辞辛劳，我决定要在明天尽可能地解开谜团。

2. 岩岗上的人

我用摘录日记的方式，认认真真地写完了上一章，那是十月十八日以前的事了。从那时起，这些奇奇怪怪的事就已经开始迅速发展，并将接近可怕的结局。后来几天所发生的一切事情，我的记忆犹新，不用查看当时所作的记录，我就能说得出来。这时，有两件事已经十分清楚了，一是库姆·特雷西的劳拉·莱昂丝太太曾经写信给查尔兹爵士，约定在他死去的那个地点和时间见面；二是那个藏在沼泽地里的人，他就躲在山边的石头房子里。在掌握了这两条线索之后，我便充满了信心。

昨天傍晚，我还没有机会把当时所了解到的关于莱昂丝太太的事告知准男爵，因为莫提默医生和他玩扑克牌玩到很晚。今天吃早餐时，我才能把我的发现告诉他，并问他是否愿意陪我到库姆·特雷西去一趟。起初他很执意要去。但经过反复考虑之后，我们就觉得如果我单独去会更好一些。因为拜访的形式越是郑重其事，所能了解的情况就是越少，于是我有些紧张地独自去了。

在到了特雷西这个地方以后，我吩咐波金斯安置好马匹，就去打听我所要找的那个女人。我一下子就找到了她的家，房子位置居中，陈设颇佳。一个女仆不用通报便把我领了进去，我一走进客厅，一位坐在打字机前的女士迅速地站起来，笑容可掬地与我打招呼；可是当她看出我是个从未谋面的陌生人的时候，她的笑容又消失了，重新坐下，并问我来访的目的。

莱昂丝太太给人的第一个印象就是美丽无比。眼睛和头发都是深棕色的，双颊上有不少雀斑，但对于一个棕色皮肤的人说来，却是巧妙的点缀。我先是在内心赞叹不绝，但随后就发现了她的缺陷，那面孔上不太顺眼的地方就多了起来。她的表情有些粗俗，眼神有些冷酷，嘴唇松弛下垂，这些都破坏了她那美貌的形象。当然，这些都是后来的想法，当时我觉得她是一个非常漂亮的女人。

"我有幸认识您的父亲。"我镇静地说道。

这样的自我介绍并不聪明，我从那女人的表情上看得出来。

"我父亲和我之间现在毫无关系，"她说道，"我不欠他什么，要不是已故的查尔兹爵士和一些别的好心肠的人帮助我，我或者早就饿死了，我父亲根本就不会管我的。"

"我是为了查尔兹爵士的事，才跑到这里来见您的。"

女士的面孔突然变得苍白，雀斑也变得更为明显。

"您喜欢听我说些什么呢？"她问道。她的手指神经质地敲打着她那打字机上的标点符号字键。

"您认识他，是吗？"

"我刚才已说过，我非常感激他过去对我的关照。正是因为他的关心，我现在的生活才更加健康和有意义。"

"您与他写过信吗？"

女士猛地抬起头来，棕色的眼睛里冒出怒火。

"您问这些问题目的何在？"她厉声问道。

"目的在于避免那一类丑闻的传播。我在这里问总比让事情传得一塌糊涂好吧？"

她默不作声，面孔依然是那么苍白。最后她抬起头来，脸上带着一种不顾一切的挑战的神色。

"好吧，我回答您，我确实写过一两次信给他，感谢他对我的体贴和慷慨。"

"您还记得发信的日期吗？"

"不记得了。"

"您和他约会过吗？"

"约会过，在他到特雷西来的时候，见过一两次面。他是个很不喜欢抛头露面的人，他做好事总不愿意让别人知道。"

“可是，如果您很少跟他来往，他怎么会知道你的困难呢？”

她很机敏地回答了这个难于回答的问题。

“有几个绅士知道我的不愉快的过去，他们一起帮助了我。其中有斯特普尔顿先生，他是查尔兹爵士的邻居和密友，他心肠很好，查尔兹爵士是从他那里才知道我的困境的。”

我知道查尔兹爵士曾有几次托斯特普尔顿去发救济金，因此女士的话听来倒也符合事实。

“您曾经写过信给查尔兹爵士，约他和您见面吗？”我继续问道。

莱昂丝太太又气得脸红起来。

“先生，这真是太奇怪的问题。”

“我很抱歉，太太，可是我一定要了解到。”

“那我就回答吧，肯定没有。”

“在查尔兹爵士死的那天也没有吗？”

她脸上的红色立刻褪了下去，我面对着的是一副死灰色的面孔。她那焦枯的嘴唇合得紧紧的。

“一定是您的记忆有问题了，”我说道，“我甚至能够背出您那封信中的一段，您听一听：‘您是一位正人君子，请您千万要烧掉此信，并在十点钟的时候到大门口那里。’”

当时，我以为她已经吓晕了，可是她竟尽了最大的努力使自己慢慢地恢复了镇静。

“难道世上就没有一个真正的君子吗？”她喘着气说道。

“您冤枉查尔兹爵士了。他确实把信烧掉了。我是在一封尚未烧透的信中认出来的。您现在承认您写过那封信了？”

“是的，我写过，”她喊道，把满腹的心事都滔滔不绝地说了出来，“我为什么要否认？这没什么可怕。我希望他能帮助我，我相信只要我能亲自和他见面，就可能得到他的帮助，因此我才请求他见我的。”

“可是为什么约在这个时间？”

“那时我刚刚知道他第二天就要到伦敦去，而且一去也许几个月不回来。我那天也只在那时才有空。”

“可是为什么约在花园里见面，而不进屋子里去拜访呢？”

“您想，一个女人可以那么晚，单独到一个单身汉的家里去吗？”

“到那里以后发生了什么事没有？”

“我根本没有去。”

“莱昂丝太太！”

“我真的没有去。有一件事使我不能去了。”

“那是件什么事呢？”

“那是一件私事啊，我真的不能说。”

我反复地盘问她，可是再也问不出什么东西来了。

“莱昂丝太太，”我站起来说道，“由于您不肯原原本本说出您所知道的事情。那您的责任就大了，如果我不得不叫来警察的话，您就无法清洗您受到的嫌疑。如果您是清白无罪的，最初为何不敢承认那一天您曾写信给查尔兹爵士呢？”

“因为我怕不明白底细的人会得出错误的结论，我可不愿意被牵连到一件丑闻中去。”

“那么，您为什么那么迫切地要查尔兹爵士把您的信毁掉？”

“您如果读过那封信，就会知道了。”

“我并没有读过信的全部啊。”

“您却引用了其中的一段。”

“我仅引用了附笔，我说过，那封信已经烧掉，而且不能认出全信。我再次问您，为什么您那样迫切地要求查尔兹爵士把信毁掉？而他就在那天死去的。”

“因为这是一件纯属个人的隐私。”

“更重要的原因，恐怕是您要躲避日后的调查吧？”

“那么我现在就告诉您吧，要是您还没有听过任何关于我的悲惨的经历的话。”

“我听说过不少了。”

“我一直被我那可恶的丈夫迫害，法律却袒护着他，每天我都可能被迫和他同居。我听说只要我能支付一笔钱，我就能重获自由了。这也是我一直期盼与向往的心地宁静、幸福与自尊的生活。我知道查尔兹爵士慷慨而大方，而且我想，如果他听我亲口讲出这件事，他必定会帮助我。”

“那么您为什么那天又不去呢？”

“因为就在那时候，我已经从别的地方得到资助了。”

“那么，为什么您不写信给查尔兹爵士，去解释这件事？”

“第二天早晨我就在报上看到他惨死的噩耗，我连解释的机会都没有了。”

那女士所说的前后相符，我提了许多问题也找不到破绽。我这时只能调查一下，在悲剧发生前后，她有没有与丈夫办理了离婚。

看来，她去过巴斯克维尔庄园的可能性极小。因为她非得坐马车才能到那里去，而且第二天一早才能返回到特雷西，这是很难守得住秘密的。因此，她说的是真的，至少有一部分是实情。我没精打采地回来了，这又一次碰壁，这堵墙好像是把我完成任务的道路堵住了。但我还是觉得她有些东西是瞒着我的，为什么她的脸会变得如此苍白？为什么她每次都只有到了迫不得已的时候才承认呢？悲剧发生那么久，为什么她仍然保持沉默？我相信问题不简单，但沿此方向我已无法前进一步，只好转到沼泽地里的石屋，去搜寻其他线索。

在我回去的路上，我看到一山接着一山，上面都有古人生活的遗迹。那人藏身的这种小屋子，成百成千地散布在沼泽地里，值得庆幸的是我曾看见那人站在黑岩岗的顶上，那我就以此为线索，把该地作为搜寻的中心。从那里开始检查沼泽地里的每间小屋，并找到我要找的那小屋为止。如果那人还待在房里，我要让他说出他是谁，为什么要一直在跟踪我们，甚至不惜用我的手枪逼他说出来。在摄政街的人群中，他也许能从我们手中溜掉，但在荒漠的沼泽地要溜掉太困难了。如果我找到了那小屋而那人不在的话，不管要等多久，也要等到他回来。在伦敦，福尔摩斯没抓到他，让他溜了，但在这里我却能将他查出，对我说来确实是一个很大的收获。我们在调查这个案子的工作中总是困难重重，运气不佳，可是现在有人给我带来好运了。此刻，弗兰克兰先生正站在他那花园的门口，那园门正开向我要走过的大路。

“好啊，华生医生，”他面色红润兴致勃勃地喊道，“您该让您的马休息一下了，进来喝一杯酒，祝贺祝贺我吧。”

在得知他如何对待他的女儿以后，我对他实在没有什么好感，可是我正想让波金斯和马车回去，便乘机下了车，给亨利爵士写个便条，说我会按时回去吃晚餐。然后我就随着弗兰克兰先生进了他的饭厅。

“对我来说可真是个了不起的一天啊，是一个大喜的日子，”他笑呵呵地喊道，“我已了结了两件案子。我一定要教训教训这里的人，让他们知道法律就是法律。我已证实有一条公路穿过老米多吞的花园的中心，先生，在他前门一百码以内。咱们真得教训教训专门欺负老百姓的这帮大人物了，让他们懂得，不能任意蹂躏平民百姓。我还封闭了一片树林，不让弗恩沃西家的人常去那里野餐。这些无法无天的人到处乱钻，随意乱丢烂纸空瓶，无视别人的财产所有权。这两个案我已胜诉了。自我告发约翰·摩兰爵士在自己的畜养场里放枪以来，我还没有像今天这么开心呢！”

“您究竟是怎样控告他的呢？”

“去看看记录，弗兰克兰对摩兰和高等法院，这场官司我花了二百英镑，可是我赢了。”

“您得到些什么好处呢？”

“什么也没有得到。我感到骄傲的就是在我做这些事的时候，一点也没考虑个人的得失，完全是受社会责任的驱使。比方说吧，弗恩沃西家上回那样做的时候，我报告了警察，他们并没有保护我。弗兰克兰对女王政府的诉讼案，不久就会引起人们的注意。我曾告诉他们，他们那样对待我要后悔的。”

“这是怎么回事呢？”我问道。

这老头摆出了一副很自鸣得意的神态。

“因为，我本来能告诉他们一件他们很想知道的事情，因为他们总想重新抓住那个逃犯，但我现在偏不愿意帮他们的忙。”

我刚才还在想找个借口脱身，不再听他闲扯，可现在又想多听一些了。不过我很清楚这个老荒唐鬼的怪脾气，如果表现出强烈的兴趣，他反而不肯再说下去。

“肯定又是件偷猎的案子吧？”我带着漠不关心的神气说道。

“是一件比这更重要的事啊！在沼泽地里的那个犯人您听说过吗？”

我听了大吃一惊。“难道您知道他在哪里吗？”我说道。

“虽然我并不知道他的确实住所，但我能帮助警察把他抓住。难道您从没有想到过先弄清他从哪里搞到食物，然后据此去找到他吗？”

他的话使人不安，也许他知道了真相。“可是您怎能知道他是在沼泽地里呢？”我问道。

“因为我亲眼见过给他送饭的那个人。”

我不禁为白瑞摩担心起来。被这个专好惹是生非、爱管闲事的疯老头抓住小辫子，确实非常可怕。可是他接下来的那番话，使我如释重负。

“他的食物是一个小孩给他送去的，您会感到吃惊吧？我每天能从屋顶那架望远镜看到他，他每天在同一时间走过同一条路。如果不是到罪犯那里去，他还会送给谁呢？”

这可真是好运气！白瑞摩也曾经说过，我们一直不明的那个人是由一个小孩给他送东西的。弗兰克兰所发现的正和他的线索一样，而不是关于那逃犯的线索。如果我能从这里找到突破口，那就是得来全不费工夫。可是，我还必须装作对此怀疑和淡漠的样子。

“我想，这多半是个牧人的儿子在给他爸爸送饭吧。”

这一下把老专制气得冒起火来。他两眼恶狠狠瞪着我，灰白胡子竖起来，像发怒的猫似的。

“先生，您这个想法真是荒谬透顶！”他说道，并向外面那广袤的沼泽地指着，“您看到那边黑色的岩岗了吗？您看到那边那生满荆棘的矮山了吗？牧人会在这种地方停留吗？”

我恭顺地回答说，我是因为不了解情况才如此说的。我的谦虚与服输，使他无比高兴。

“您可以相信，我每次亮出自己的观点都是有很充分的根据的。我常常看到过那孩子拿着的东西，每天一次，有时每天两次……等一等，华生医生，是我的眼花呢，还是那山坡上有什么东西在走动？”

在约有几英里远的地方，在暗绿的与灰色的背景上，我清楚地看到有一个小黑点。

“先生！”弗兰克兰边喊边向楼上冲去，“您上来亲眼看看，然后再下结论吧。”

那望远镜是装在一个三角架上的巨大仪器，放在平坦的铅板屋顶上。弗兰克兰把眼凑上去，并发出了得意的呼喊。

我看到一个肩上扛着一小卷东西的孩子，正在吃力地慢慢往山上爬。当他走到山顶时，突然间我看到了那个衣衫不整的陌生人。他鬼鬼祟祟地环顾四周，好像是怕人跟踪似的，后来就在山那边消失了踪影。

“哈，我说得没错吧？”

“当然了，那个小孩好像在干什么秘密活动似的。”

“那个小孩干些什么，只要县里的任何一个警察来这里看一下就能猜得出来，可是我一个字也不会告诉他们，我请您也保守秘密，知道吗！”

“听您的就是了。”

“他们对待我真是太不像话了。等我对女王政府的讼案的内情公布之后，我敢说全国都会对他们群起而攻之的。无论如何，我是不肯帮警察的忙的。您千万别走！您得帮我喝干这瓶酒，来庆祝我这些了不起的胜利！”

我谢绝了他的恳求，而且打消了他要陪我散步回家的想法。于是我一直沿着大路走，然后在他看不见我的时候突然离开了大道，穿过沼泽地，向那孩子消失的那座山走去。我发誓，这次我绝不会错过命运之神送给我的好机会。

当我抵达山顶时，太阳就要落下去了，脚下的山坡朝阳的一边映成了金绿色，而另一边则蒙上灰暗的阴影了。在遥远的天边，苍茫的暮色中，耸立着奇形怪状的贝利弗和维克森岩岗。而一只灰雁或是一只海鸥、麻鹬，正翱翔在蓝色的天空。在那辽阔的苍穹与荒寂的大地之间，好像就只有它和我是这里仅有的生物了。这荒漠的景色，孤独的感觉和神秘的使命，使我不禁打起寒战来。四周看不到那个孩子，可在我脚下的一个山沟里，有一古老石屋，中间有一块似乎还保留着简陋的屋顶。我一看到它，心就不禁怦怦跳动，这必定是那个人藏匿之地。他的秘密总算被我抓住了。

我慢慢走近小屋，我走得既小心又谨慎，我满意地发现，这地方的确住过人。乱石之间隐约可见有一条小路，通向作为门的开口。那个怪客可能正藏在那里。冒险的感觉使我十分兴奋，我把烟头扔掉了，手摸着那支左轮手枪，迅速地接近到门口，我向屋里一望，里面空荡荡的。

里面有很多迹象可以说明，我没找错地方。这里必定是那个人的居住之地。一块雨布包着几条毛毯，放在新石器时代的人曾睡过的石板上，旁边有一堆灰烬，还有一些厨房用具和半桶水。一堆乱糟糟的空罐头盒，说明那人在这屋里已经住了一段时间了。当我的眼睛适应了透过树叶照下来的光线之后，我又看到屋角里有一只金属小杯和半瓶酒。屋子中间有一块平平的石头，被当作桌子用，上面有个小布包，就是我从望远镜里看到小孩肩上的那些东西。里面有一块面包、一盒牛肉和两盒桃罐头。我在查看完毕，重新放下这些东西时，心里一惊，我看到下面还有一张字条。我拿了起来，上面用铅笔潦草地写着："华生医生到库姆·特雷西去过。"

我手里拿着那纸条，在那里站了足有一分钟之久，反复捉摸这张字条寓意何在。那么说这个神秘的人要跟踪的，并不是亨利爵士本人。当然他并没有亲自跟踪我，而是派了一个孩子跟着我。也许从我来到沼泽地后，每一个行动都被他监视着。我总感觉到有一种无形的力量，像一张密密的网巧妙地围住了我们，并且围得很松垮，不到极端紧要的关头是察觉不到的。

我继续在屋里到处搜寻起来，始终没有发现任何足以说明这个怪人的特点和意图的迹象。但有一点可以肯定，就是他有斯巴达人的遗风和习惯，对生活条件不大介意。这开着大口的屋顶，那天的倾盆大雨，就深切地使我了解到他具有坚定的意志。有了这样的意志，他才能在这种荒漠之地住了下来。他是我们的敌人呢，还是保护我们的天使呢？我下了决心，不了解清楚，决不离开小屋。

太阳已经西沉，西天金色的余辉，照着在远处格林盆大泥潭中的小洼，闪耀着片片红光。在这儿能看到巴斯克维尔庄园的两座塔楼，远处炊烟袅袅，那里就是格林盆村。而在这两地之间，小山背后就是斯特普尔顿家的屋子。在黄昏的余晖下，一切都是那样美好、醉人而又宁静，但这反而引起我内心的茫然和惊恐。我坐在小屋黑暗的深处，耐心地等待屋主人归来。

后来，我终于听出他回来了，远处传来了皮鞋踏在石路上发出的得得声，一步又一步愈走愈近。我的手紧紧地握着那支左轮。那声音停住了，说明他站住了。后来脚步又向前而来，一条黑影投在石屋子的开口处。

"黄昏真可爱啊，亲爱的华生，"一个非常熟悉的声音说，"您不觉得到外边来，要比待在里面舒服多了？"

3. 荒原惨剧

好长一段时间，我坐在那里简直无法呼吸，也不能相信我的耳朵。然后我恢复了意识，也能讲话了，感觉身上似乎卸下了千斤重担一样。那冷冷的、直接而又有些嘲讽的声音仅仅是一个人的。

"福尔摩斯！"我喊道，"福尔摩斯！"

"出来吧，"他说，"你可要注意点你的左轮手枪。"

我俯身从简陋的门框下钻出去，他正坐在门外的一块石头上，灰色的眼睛嘲弄地看着我惊讶的表情。他看上去消瘦而疲倦，不过很清醒警觉，敏锐的脸上被风吹日晒成了古铜色，皮肤也变得很粗糙。他穿着粗花呢西服，戴着软布帽，看起来就跟荒原上其他的旅行者一般无二，由于天性像猫一样爱护个人整洁，他还是像在贝克街一样，下巴光洁，衣着整齐。

“这辈子没有比见到你更高兴的事了，”我紧握着他的手说。

“或者说更惊讶吧，嗯？”

“噢，我必须得承认这一点。”

“我跟你说，感到惊讶的人可不光你一个。我可万万没想到你会找到我这临时的住所，更没想到你会在里面，我直到离门口大约二十步的时候才发现。”

“你看到我的脚印了？”

“不是，华生，我恐怕还不能保证能从世界上那么多的脚印中认出你的来。如果你真的想瞒过我，那你可要换换香烟牌子，因为我一看到那截标着牛津街布拉德利的烟头，就知道我的朋友华生医生肯定在这附近。那烟头就丢在小路旁边，肯定是你在冲进小石屋前的决定性时刻扔掉的。”

“完全正确。”

“我想到了这些——而且我了解你那令人钦佩的坚韧顽强的个性，所以我确信你正埋伏在屋里，手里拿着武器，等着屋主人回来。那么你真的觉得我就是那个罪犯吗？”

“我不知道你是谁，不过我决心要查出来。”

“太棒了，华生！那你是怎么确定我的位置的？或许是追捕逃犯的那个晚上，我太不谨慎了，把自己暴露在升起的月亮下，让你看到了我？”

“是的，当时我看到你了。”

“然后你肯定是搜过了所有的小石屋才找到了这一间？”

“没有，你的那个小男孩被人看到了，倒是给我搜查指引了方向。”

“肯定是家里装有望远镜的那个老头看到的。我第一次看到镜头上的反光时，就应该想到是怎么回事了。”他站起来向小石屋里望去，“哈，卡特莱特又带来了一些东西。这张纸是什么？那么你已经去过库姆·特雷西了，是吗？”

“是的。”

“是去见劳拉·莱昂斯太太吗？”

“没错。”

“太好了！我们的调查方向显然是朝着同一个方向的，把我们各自得到的结果合在一起，我想我们就能对整个案件有充分的了解了。”

“嗯，你在这里我从心里感到高兴，因为这个案件给予的重责和谜一样的案情，让我的神经实在受不了了。不过你究竟是怎么来这儿的？一直又都做些什么呢？我以为你还在贝克街忙那桩勒索案呢。”

“我就是希望你这样想。”

“那你是在利用我，你这么不信任我！”我有点委屈地喊道，“我觉得我值得从你那里得到更好一点的待遇，福尔摩斯。”

“老兄，你的价值在这件案子里和在其他案子里一样，对我来说都是不可估量的。如果看起来我好像对你耍了个小把戏的话，我恳求你原谅我。事实上，我这么做一部分是为了你，正因为我非常了解你所处的危险，所以我才来到这里亲自调查这件事。如果我跟亨利爵士和你在一起，我的观点肯定会和你的一样，而我的存在也就等于警告了我们难缠的对手，让他们有所警惕了。像现在这样，我就能到处走动，而如果我住在庄园里的话，就不行了。在这件事中，我一直躲在暗处，准备在关键时刻挺身而出。”

“可是你为什么一直让我蒙在鼓里呢？”

“你知道了不但对我们没有好处，反而说不定会让我被人发现。你可能会想告诉我一些事情，或者你不忍心会给我带些舒适的日用品之类的东西，这些冒险其实都是不必要的。我带卡特莱特一起来的——你还记得邮局里的那个小孩吧——我的一些简单的生活需求都是他照顾的：一块面包和一条干净的衣领。我还需要什么呢？他就像我的另外一双眼睛和两条勤快的腿，这两样对我来说都太宝贵了。”

“那么我的报告不就白写了吗！”我想起写那些报告时的辛苦与内心的骄傲，声音有些颤抖。

福尔摩斯从他的口袋里掏出一叠纸。

“这些都是你的报告，老兄，我向你保证，我全部都仔细看过。我安排得非常妥当，只需要耽搁一天就能到我手上。我必须表扬你，在这件异常难办的案子中你表现出了非凡的热情和智慧。”

我还在为自己受到他的蒙骗感到不爽，不过福尔摩斯的赞扬已经把我心中的愤怒一扫而光。我心里也觉得他说的是正确的，为了我们的任务，不让我知道他在荒原上是最好的。

“这样就好了，”看到阴影从我脸上褪去，他说，“现在你来告诉我你去拜访劳拉·莱昂斯太太的结果——我不难猜到你出去是去找她了，因为我已经意识到，整件事中她是库姆·特雷西里唯一能帮得上我们的人。事实上，如果你今天没去，很可能我明天也要去的。”

太阳已经落下山去，整个荒原笼罩在暮色之中，空气渐渐转凉，于是我们就退回小石屋取暖。在屋里，坐在昏暗的暮光中，我把我和劳拉·莱昂斯太太的谈话告诉了福尔摩斯。他兴致勃勃地听着，有些地方我得重复两遍他才表示满意。

“这些非常重要，”我说完后他说道，“正好解释了这件复杂的案子中我一直百思不得其解的地方。你可能也察觉到这位太太和斯特普尔顿的关系十分密切了吧？”

“我并不知道他们之间的关系很密切啊。”

“这一点确定无疑。他们会面，互相通信，而且彼此之间非常了解。好了，这可让我们手里多了一把十分有力的武器。只要我能用这一点来分化他的妻子——”

“他的妻子？”

“为了回报你提供给我的消息，我现在也给你一些信息。那位在这里被称为斯特普尔顿小姐的人，事实上是他的太太。”

“我的老天，福尔摩斯！你说的这些是真的吗？那他怎么会允许亨利爵士爱上她的？”

“亨利爵士爱上她不会对任何人造成伤害，除了他自己。正如你亲眼看到的那样，斯特普尔顿特别留意避免亨利爵士有机会向她求爱。我再重复一遍，那位女士不是他的妹妹，而是他的妻子。”

“可是他们为什么要这样故意欺骗呢？”

“因为他早就预料到，她未婚的身份对他来说更有用。”

我所有隐约的直觉，不能确定的怀疑猛然间变得清晰起来，全部集中到了那个自然学家身上。那个表面上不动声色、毫无情趣的人，总是头戴草帽手拿捕蝶网，我在他身上似乎看到了某些可怕的东西——一个有着无比耐心又工于心计的人，笑容满面却是蛇蝎心肠。

“那么说他就是我们的敌人——那个在伦敦跟踪我们的人吗？”

“我看谜底就是这样的。”

“那么，那些警告——肯定是她发出的！”

“完全正确。”

长久以来一直困扰我的这件可怕的罪行，亲眼目睹之下加上猜测，从黑暗中浮现了出来。

“但是你能确定吗，福尔摩斯？你怎么知道那女人是他的妻子？”

“因为他第一次见到你时，忘了向你隐瞒一件事，一件关于他自己经历的事情，我敢说，自那以后他对这件事肯定后悔不迭。他曾经在英格兰北部做过校长，而现在没有比去查一个校长更容易的事了，有很多学校服务机构可以查证一个人是否从事过这个职业。我稍微做了些调查，发现有一所学校曾经在恶劣的环境下关闭，而那个学校的主人——是不同的名字——和他的妻子从此不知去向了。这些情况都和他们的相吻合。而当我知道了失踪的那个人热爱昆虫学时，我就完全确定我的判断了。”

迷雾渐渐消散，但是仍有很多事情隐藏在阴影之中。

“如果这个女人真的是他的妻子，那么劳拉·莱昂斯太太又是怎么被牵扯进来的呢？”我问道。

“这个问题正是由你的调查来解释的，你和那位女士的会谈已经使情况明朗了很多。我没听说她和她丈夫要离婚，如果真是这样，而她又以为斯特普尔顿还未婚，那她显然是想做他的妻子。”

“可是如果她知道了事情呢？”

“哈，那她就能帮上咱们了。我们首先就应该去找她——明天我们就去。华生，你不觉得你已经离开太久了吗？你的位置应该在巴斯克维尔庄园。”

西边天空最后一抹晚霞已经退去，夜幕降临在荒原上。紫罗兰色的天空中，几颗微弱的星星发出忽明忽暗的光。

“还有最后一个问题，福尔摩斯，”我站起身来时说道，“你我之间当然不需要保守什么秘密。这一切到底意味着什么？他到底有什么目的？”

福尔摩斯压低声音回答我：“这是谋杀，华生——精心策划的，没有人性的蓄意谋杀。别再问我细节了。我撒下的网正在向他接近，正像他的网也抛向了亨利爵士一样，有你的帮助，他已经几乎任由我摆布了。对我们来说只有一个威胁，就是他有可能在我们准备就绪前先下手。再过一天——最多两天——我就能把整件案子弄清楚，但是在那之前，你得像一位温柔的妈妈用心守护着自己生病的孩子那样，尽职尽责地执行好自己的任务。你今天的任务有所调整，但我还是不希望你离开他的身边。快听！”

一声恐怖的尖叫——一阵听上去既惊恐又极度痛苦的叫喊声打破了荒原的寂静，那骇人的喊声使我全身的血液都凝固住了。

“啊，我的天啊！”我大口喘着气说，“那是什么声音？到底怎么回事？”

福尔摩斯猛地站起来，我看到他那黑色的矫健身影站在小石屋的门口，俯下双肩向外探出头，向黑暗中望去。

“嘘！”他轻声说，“别出声！”

猛烈的喊声听起来很响亮，不过那是从远处阴暗的旷野上传来的。现在越来越近、越来越响地冲进我们的耳朵里，也比刚才更为急迫。

“声音是从哪儿传来的？”福尔摩斯轻声问，我听到他那颤抖的声音，知道即使是他这么坚强的人也被深深震撼了。“从哪儿传来的，华生？”

“我想是那边。”我指向黑暗中。

“不对，是那边！”

那痛苦的喊声又一次震彻了寂静的夜晚，比之前更响，也更近了，而且还夹杂了另外一个声音，一种深沉的呜咽声，很有节奏但却又很凶险，起伏不断像大海连绵的低吟。

“是猎犬！”福尔摩斯喊道，“快来！华生，快来！我的老天，希望我们不会太迟！”

他立即迅速在荒原上跑了起来，我紧紧跟在他后面。但就在此时，在我们前面不远的某处断裂的地面上，传来了最后一声绝望的叫声，然后是沉闷的“砰”的一声，什么东西掉落在地上了。我们停了下来侧耳倾听。死寂无风的夜晚中再也没有一丝响声。

我看到福尔摩斯惊慌失措地用手拍着前额，在地上跺着脚。

“他击败了我们，华生。我们来得太迟了。”

“不，不，肯定不会的！”

“我真是太傻了，竟然没有采取行动。还有你，华生，这你也有不可推卸的责任！不过，天啊，如果最坏的事情已经发生了，我们一定要找他报仇！”

黑暗中我们在巨石间踉踉跄跄地摸索着向前跑去，使劲穿过金雀花丛，气喘吁吁地爬上坡顶，又顺着斜坡冲下去，朝着刚才那阵恐怖的声音传来的方向跑去。每次爬上坡时，福尔摩斯都焦急地望向四周，但是荒原上黑沉沉的，看不到任何东西在动。

“你能看到什么东西吗？”

“什么也看不到。”

“可是，快听，那是什么？”

一阵低沉的呻吟声传到我们耳朵里，又是一声，就在我们左边！那边有一条岩脊，它的尽头处是个垂直的峭壁，峭壁下面是布满岩石的斜坡。参差不齐的坡面上平摊着一个黑乎乎的不规则物体。我们朝它跑过去时，那个模糊的轮廓渐渐变得清晰了。那是一个脸孔朝下伏在地上的人，头以一个恐怖的角度被压在身子下面，肩膀呈弧形，身体向里蜷缩成一团，像要翻跟头的样子。这个人的样子如此古怪，我一时之间都没有反应过来那呻吟声是这个人临死前发出来的。我们弯身看向这人，他再也不会发出任何声响了。福尔摩斯伸手搭在他身上，把他抓了起来，同时恐怖地惊叫了一声。他划亮一根火柴，火光照在他沾满了血的手上，以及死者破碎的头颅中淌出的、正在慢慢扩大的一滩血和脑浆上。火光还照亮了一个令我们痛心得头晕目眩的事实——这正是亨利·巴斯克维尔爵士的尸体！

我们俩都不可能忘记那套特别的浅红色花呢西服——就是他第一天早晨来贝克街见我们时穿的那一套。我们很清楚地看了一眼，火柴闪了一下就灭了，我们的希望也破灭了。福尔摩斯口中咒骂着，黑暗中他的脸色煞白。

“这个人面兽心的畜牲！畜牲！”我攥紧了拳头喊道，“噢，福尔摩斯，我绝不能原谅我自己离开了他身边，让他遭受了这样的厄运！”

“我比你更应该受到指责，华生。我为了让我的案子各方面圆满周密，竟然把我的委托人的生命置之不顾了。这真是我从业以来遭受的最大打击。可是我怎么会知道——我怎么会知道——他会不顾我再三的警告，还是冒险独自一人跑到荒原上来了？”

“我们听到他的惊叫了——我的天啊，那些惊叫声！——可还是没能救得了他！那只置他于死地的狗畜生在哪儿呢？说不定此刻它就藏在这些岩石当中呢。还有斯特普尔顿，他在哪儿呢？他要为这件事情付出代价。”

“他会的。我会亲眼看着他偿还自己欠下的债。叔父和侄儿都被谋杀了——一个是以为看到了他认为是超自然的生物而被吓死的，另一个是狂奔想要逃避它而死的。但是现在我们得要证明那个人和这动物之间确有关系。除去我们所听说到的，我们甚至无法证明后者的存在，因为亨利爵士很明显是失足掉下来摔死的。可是，我发誓，不管那个家伙有多么狡猾，我在明天一定要抓住他！”

我们怀着悲痛的心情站在变了形的尸体两边，几乎要被这突如其来发生的无法挽回的不幸击垮了，这个悲哀的结果已经终结了我们这么久以来的辛苦付出。这时，月亮升起来了，我们爬上了那个岩顶，我们可怜的朋友就是从那里摔下来的，从那里我们凝望着月光下的荒原，幽暗中泛着银色的月光。几英里外的远处，在格林本方向，一盏黄色的幽光正亮着。那只能是从孤独的斯特普尔顿的住所发出的。看着它，我咬牙切齿地挥舞着拳头诅咒着。

“我们为什么不能现在就抓住他？”

“我们在这个案子中还没有掌握足够的证据。这个家伙做事极为谨慎狡猾。要抓他不能仅凭我们知道些什么，还要有充分的证据。只要我们稍有差池，这个混蛋就会从我们手里溜掉。”

“那我们该怎么办？”

“明天我们有的是事情要做。今晚我们只能再为我们可怜的朋友尽最后一点力了。”

我们一起从陡峭的斜坡上下来，向尸体走过去，在岩石反射的银色月光下，黑乎乎的尸体看得很清楚。肢体痛苦的扭曲惨状让我心痛不已，泪水模糊了我的眼睛。

“我们得找人来帮忙，福尔摩斯！光靠我们没法把他抬回庄园去。我的天啊，你疯了吗？”

他发出一声喊叫，朝尸体俯下身去，接着他手舞足蹈地大笑着抓住我的手乱摇。这会是我那位严肃自制的朋友吗？他内心深处隐藏的热情爆发了！

“大胡子！他有大胡子！这人长了一脸大胡子！”

“大胡子？”

“他不是男爵——他是——啊，他是我的邻居，那个逃犯！”

我们兴奋地赶紧把尸体翻转过来，还在滴血的大胡子上翘着，对着清冷的月亮。那突出的前额和深陷的如野兽般的眼睛，绝对错不了。这的的确确就是那张穿过岩石在烛光中瞪着我的脸——逃犯塞尔登的脸。

这时我一下子全明白了。我想起来男爵曾经告诉过我，他把他的一些旧衣服送给了白瑞摩，白瑞摩肯定又是为了帮助塞尔登逃走而转送给他了。靴子、衬衣、帽子——这些都是亨利爵士的。这场悲剧虽然还是很惨烈，不过至少这个人本来就应该在国家法律上受到死亡的判决。我跟福尔摩斯讲了事情的经过，心里充溢的感激与喜悦之情难以言表。

“那么看来是这些衣服导致了这可怜的罪犯的死亡，”他说。“很显然有人给那只猎犬闻过亨利爵士的物品——很可能就是在旅馆里被偷走的那只靴子——然后一直追赶这人从上面掉下来摔死的。不过这其中有一个非常奇怪的事情：黑暗中塞尔登是怎么知道那只猎犬在追他的呢？”

“他听到它的声音了。”

“单是在荒原上听到一只猎犬的声音不会把这么冷酷的罪犯吓成这样，宁愿冒着被重新抓回去的危险也要拼命喊叫呼救。听他的喊声，看来他发现那动物在追赶他以后还跑了很长一段路。他是怎么知道的呢？”

“一件让我感到更迷惑的事情是，假设我们所有的推测都正确的话，为什么这只猎犬——”

“我不假设任何事情。”

“嗯，好吧，那么为什么这只猎犬今晚被放出来了？我觉得它并不经常被放出来到荒原上。除非斯特普尔顿有理由相信亨利爵士在那儿，否则他是不会把它放出来的。”

“我的问题更难回答，因为我觉得你的问题很快就有一个解释了，但是我的问题可能永远会是个谜。现在的问题是，我们该怎么处理这具可怜的罪犯的尸体？我们不能就这么把他丢在这儿喂狐狸和乌鸦吧。”

“我看我们还是先把他抬到一个小石屋里，再去和警察联系，让他们处理。”

“好办法。我觉得你和我两个人把他抬到那边不是问题。啊，华生，那是什么？正是那个家伙本人，他还真是大胆得吓人！你不要表现出一点怀疑的样子——一个字都别说，否则我的计划就泡汤了。”

一个身影从荒原上向我们慢慢接近，我看到了雪茄的一点红光。月光照在他身上，我能分辨出这位自然学家敏捷的身影和他轻快得意走路的样子。看见我们后，他停了下来，然后又接着走了起来。

“怎么，这不会是华生医生吧？晚上这个时候我可没想到会在荒原上看到您。不过，天啊，这是什么？有人受伤了吗？不——不要告诉我这是我们的朋友亨利爵士！”他急匆匆地从我身边过去，弯下身子去看那个死人。我听到他倒吸了一口冷气，雪茄从他的手指间掉了下来。

“这——这是谁？”他结结巴巴地问。

“是塞尔登，那个从王子城监狱里逃出来的罪犯。”

斯特普尔顿转向我们，一张脸变得煞白，但是他极力掩饰着他的惊讶和失望，一双眼睛尖利地在福尔摩斯和我的脸上来回打量。

“天哪！真是件可怕的事情！他是怎么死的？”

“他似乎是从那些岩石上掉下来摔断了脖子。我朋友和我正在荒原上闲逛，突然间听到了喊声。”

“我也是听到了喊声，所以就出来了。我很担心会是亨利爵士。”

“您为什么特别为亨利爵士担心？”我忍不住问道。

“因为我邀请他去我那儿，可是很奇怪他没去，于是当我听到荒原上的那阵喊声时，我自然很担心他的安全。另外，”——他的眼睛又从我的脸上转到了福尔摩斯脸上——“除了叫喊声，你们听到其他声音了吗？”

“没有，”福尔摩斯说，“那您呢？”

“没有。”

“您这样问是什么意思？”

“哦，你们知道那些农夫讲的关于魔犬之类的故事，据说在荒原的晚上经常能听到它的声音。我在想，今晚有没有出现这种声音。”

“我们没听到这种声音，”我说。

“那您认为这可怜的家伙是怎么死的？”

“毫无疑问，我觉得他生活在担心自己会被人揭发的焦虑中，导致他神经错乱了。他在极度疯狂的状态下在荒原上狂暴地乱冲，最终在这儿失足掉下去，摔断了脖子。”

“这似乎是最合理的解释了，”斯特普尔顿说道，他叹了口气，在我看来他是放心了。“您是怎么看的，福尔摩斯先生？”

我的朋友欠了欠身表示礼貌。

“您这么快就认出我来了，”他说。

“自从华生先生来到这儿，我们这儿的人就料到您也会来。您刚好赶上了这一出悲剧。”

“是啊，那倒确实。我确信我朋友解释这件事的真实性。我明天将要带着这不愉快的回忆回伦敦去了。”

“哦，您明天就要回去了？”

“我是这样打算的。”

“我希望您的到来能给一直困扰我们的这些事情带来些线索。”

福尔摩斯耸了耸肩。

“一个人不可能总是能得到他预期的成功。办案人员需要的是事实，而不是传说或者谣言。这件案子办得可并不怎么令人满意。”

我的朋友用最坦白而且又满不在乎的口气说着，斯特普尔顿看他的眼神仍然十分尖锐，然后他又转向我。

“我本来想提议把这个可怜的家伙抬到我家去，但是可能会吓到我妹妹，所以我还是不打算这样做了。我觉得如果我们在他脸上盖些东西，一直到明天肯定会安全无事的。”

于是事情就这样安排了。福尔摩斯婉拒了斯特普尔顿的邀请，和我朝巴斯克维尔庄园走去，自然学家自己回去了。我们回头望去，看到他的身影慢慢在远处广阔的荒原上移动，在他身后月光下的斜坡上有一摊黑色的物体，那正是那个人可怕的生命终结处。

4. 设　网

当我们走出沼泽地后，福尔摩斯对我说：“咱们就要抓住他了，这家伙真的很厉害！发现杀错人了，竟还能镇定自如。华生，咱们是不是还从没遇到过比他更难斗的对手吧。”

“我感到特遗憾，他竟看到了你，你认为他会怎样行动呢？”

"他也许会更加谨慎，也可能不顾一切地动用其他手段。"

"咱们能够立即逮捕他嘛！"

"亲爱的华生，仓促行动对咱们没有好处。如果他是通过一个人来进行活动，咱们还可以找到证据，但如果在大白天里拉出条大狗来，想把绳子套住狗的主人，就不那么容易了。"

"咱们有证据呀。"

"有什么呀，咱们的证据不过是猜测而已。如果咱们的证据就是这样一段故事和所谓的'证据'，那咱们太让人笑话了。"

"查尔兹爵士的死不就是证据吗？"

"他是吓死的，身上没有任何伤痕。哪里有那狗牙的痕迹呢？再说，猎狗是不会咬死尸的。"

"这么说，今晚的事不能证明了吗？"

"今晚，咱们没见到那只猎狗，虽然听到了它的声音，可是并不能证明那狗跟在人的后面。"

"那我们现在怎么办呢？"

"希望劳拉·莱昂丝太太能帮助咱们，我想我们很快就会赢的。"

在回巴斯克维尔庄园的路上，福尔摩斯叮嘱我不要把今晚的事告诉亨利爵士，因为明天他同斯特普尔顿的约会凶多吉少，得有充足的准备。

"他们也和我约好了。"

"华生，必须让他单独去，那样就容易安排了。"福尔摩斯让我谢绝邀请。

福尔摩斯的到来让亨利爵士特别高兴，他早就盼着大侦探来这儿了。但他对我的朋友空手而来感到惊疑，不久，我们给他匀出了日常用具。吃夜宵的时候，我们把准男爵应该知道的都尽量讲给他听了。白瑞摩夫妇知道后，那个逃犯的姐姐便痛哭起来。

准男爵边吃边说："我曾接到斯特普尔顿一封信，让我今晚到他那里去，可我得恪守我的诺言，决不单独外出。"

福尔摩斯冷淡地说："您不知道我们曾担心您摔断了脖子吗？"

"这是怎么回事？"亨利爵士瞪大眼睛吃惊地问。

"那个家伙穿的是您送给管家的衣服。也许警察会来找你的麻烦呢。"

"恐怕不会，先放下这事，咱们的案子有结果了吗？"

"我想，很快就会搞清楚的，这是一件十分复杂的案子，有几点要弄明白。"

"我们在沼泽地里听到了那猎狗的叫声，您要是能给那只猎狗戴上笼头、套上铁链，那可就是前所未有的大侦探了。"

"只要您肯帮助，我就一定能给它戴上笼头，治服它。"

"您让我干什么我都干。"

"很好，我可一定要求您别盲目去做。"说完，他凝神地注视着我头顶以上的地方。灯光照在他的脸上，他像一尊古代雕像似的。

他一边挥手指着挂满对面墙上的一排肖像说："请谅解我冒昧品评一番吧，华生总说我不懂艺术，那不过是嫉妒我罢了。你们看，这些人像画得多好呀。"

"您这样说我特别高兴，"亨利爵士用吃惊的眼光望着我的朋友，"我对马或阉牛要比对一张画关心多了，对这不敢充内行。没想到您还对这东西很感兴趣。"

"我能一眼看出是谁画的——那张穿着蓝绸衣服的女人像，肯定是莫奈画的；那个戴假发的胖绅士则出自瑞诺茨的手笔。这些都是您家里人的画像吗？"

"这些都是。"

"您对这些前辈的人名都记得吗？"

"白瑞摩曾详细地告诉我了，我想我还能背得出。"

"那个拿着望远镜的绅士是谁呀？"

"那位是巴斯克维尔海军少将，他曾在西印度群岛罗德尼部下任职。穿着蓝色外衣，手拿一卷纸的威廉·巴斯克维尔爵士，在庇特任首相时当过下议院委员会的主席。"

"我对面的那位穿着黑天鹅绒斗篷、挂着绶带的骑士是谁呢？"

"唉，他就是那个怪异传说的根源，品质恶劣的修果，魔犬的传说就是从他开始的。"

“你们瞧，他看上去既安详又和气的样子，可他的眼神充满了阴险毒辣。”

“他一定是修果，没错。这张画布的背面还写着姓名和年代‘1647’呢。”亨利爵士肯定地说。

吃过夜宵，亨利爵士回到自己的房间后，福尔摩斯又把我领回宴会厅。他对那老酗酒鬼产生了浓厚的兴趣，高举着蜡烛盯着这张颜色暗淡的肖像。

我望着那张有着薄薄的嘴唇、一双冷漠眼睛的画像对福尔摩斯说：“你看出什么眉目了吗？”

“他像不像一个你认识的人？”

“下巴有些像亨利爵士。”

“有一点，等会儿，”他站在一只椅子上，左手擎着蜡烛，右臂弯曲着盖住画像上的宽檐帽和下垂的长发。

“天哪！”我竟看到斯特普尔顿的面孔从画布里跳出来。

“怎么样，你看出来了吧，我的眼睛久经训练，能看出任何伪装。”

“真神了，这就像给他画的一样。”

“没错，这真是个有趣的返祖遗传的实例。显然那家伙是巴斯克维尔家的后代。”

“这么说，他在制造篡夺财产继承的阴谋。”

“对，这张画像恰好给了我们一个迫切需要的线索。华生，咱们算是抓住他了。明晚之前，咱们就可以用一根针、一块软木和一张卡片，把他放进贝克街的标本陈列室去了。”

他离开那张画像时，突然发出了少有的大笑。我不常听到他笑，只要他一笑，就说明有人要倒霉了。

第二天早晨我起得很早，可是福尔摩斯在我穿衣服时，正沿着车道从外边走回来。

“啊，咱们今天得好好地干它一天！今天就能见分晓了，网是全部下好了，咱们就要往回拉了。”他搓着双手兴奋地说。

“你去过沼泽地了吗？”我问他。

“我和忠实的卡特莱联系了一下，告诉他我安然无恙。另外，我已经给王子镇发了一份关于塞尔登死亡报告，相信你们谁也不会因为这事惹麻烦了。”

“下一步如何行动呢？”

“得去找亨利爵士商量一下。看，他来了！”

“早安，福尔摩斯，您真像一个将军在和参谋长布署一次战役。”

“华生正向我请求命令呢。”

“我也是随时听候差遣，今晚的约会咱们一起去吧。”

“很抱歉，我和华生准备回伦敦。”

“回伦敦？”准男爵的脸上有些不悦。

“是的，我希望您能单独渡过这一关，再说我们回去要比在这有用得多。”福尔摩斯的态度很坚决。

我从准男爵紧锁的眉头能感觉出，他为我们要弃他而去深感沮丧。

他冷淡地说：“你们准备什么时候走呢？”

“吃过早餐就走。我们先坐车到库姆·特雷西去，华生的行李都在这，他肯定会回来的。华生，写封信给斯特普尔顿告诉他你不能赴约。”

“我真想和你们一块回伦敦，我为何一个人留这里呢？”

“你得留下来，您不是答应过我听从我的差遣吗？另外，我希望您坐马车去斯特普尔顿住宅，然后把您的马车打发回来，让他们知道您准备走回家。”

“我留下来吗？回来时要走过沼泽地吗？”

“要走过。”

“您不是常常叮嘱我不要晚上从那儿走过吗？”

“但您这一次打那儿走，保证没事。这对你也是次考验，我们相信您有信心这样做的。”

“好吧，我就照您说的去做吧。”

“您对您的生命珍惜的话，您回家从沼泽地穿过时，除了从梅利瑟宅邸直通格林盆大路的直道外，千万别走别的方向。”

“我听从您的吩咐。”

“很好。我真想早点动身，这样下午就能到伦敦了。”

我听着他俩的谈话很是吃惊，我怎么也没有想到他会希望我俩一块走。这么危险的时刻，我们怎么能离开呢，我真不明白。但没办法，只好听从他的安排。很快，我们跟有些生气的朋友话别，两小时之后就到了库姆·特雷西车站，随即打发马车回去。月台上有个小男孩在等着我们。

小男孩见到我们说：“先生，有什么吩咐吗？”

“卡特莱，你坐这趟车进城吧。你一到地方，立刻用我的名字给亨利爵士发一封电报，就说若是他找到我丢在那里的记事本，让他用挂号给我寄到贝克街去。”

“先生，您放心好了。”

“现在你先去车站邮局问问有没有我的信。”

一会儿，那孩子带着一封电报回来了，福尔摩斯瞧了瞧便递给我。上面写着：

电报已收到。即携空白拘票前去。五点四十分抵达。

雷斯垂德

“这是我早晨那封电报的回电。咱们还得需要官方侦探的协助呢。华生，咱们这段时间去拜访劳拉·莱昂丝太太去吧。”

他的作战计划已初具眉目，他是想让亨利爵士向斯特普尔顿夫妇提起由伦敦发来的电报，就会完全相信我们真的离开了。我仿佛已经看到，我们很快就会网住那条尖嘴梭鱼。

劳拉·莱昂丝太太正在她的办公室里。福尔摩斯坦率地开始了他的访问，这一点使她很吃惊。

他说：“我正在调查已故的查尔兹爵士暴死的有关情况。华生大夫已向我报告了您谈过的话，您对此事还有隐瞒的地方吗？”

“我有什么隐瞒的地方？”她不服气地问道。

“您已承认曾要求查尔兹爵士在十点钟时到那门口去。我们知道，那正是他死去的时间和地点。您不觉得这之间有关联吗？”

“这些事件并没有什么关联啊！”

“你如果这样认为，那真是巧合了。坦白地说，莱昂丝太太，我们认为这是一桩谋杀案。根据已有的证据，不仅是您的朋友斯特普尔顿，就连他的太太也要被牵扯进去的。”

那女士猛地从椅子里跳了起来，惊呼道：“他的太太？!”

“这事不用再隐瞒了，他的妹妹实际上就是他的妻子。”

莱昂丝太太又坐了下去，两手紧抓着扶手，激动地说：“他的太太？他还没有结过婚呀！”

福尔摩斯耸耸肩，没说什么。

“您这样说，给我拿出证明来……”她那惊异的眼神，比任何话都更说明问题。

福尔摩斯从口袋里抽出几张纸来说：“我到这里来正准备向您证明，这是一张四年前他夫妇在约克郡拍的相片。背面写的是‘凡戴勒先生和夫人’，您一定能认出来的。这是几位可靠的证人寄来的三份关于这对夫妇的材料，他那时开着一所私立圣·奥利弗小学。你看看，是不是这两个人。”

她看了看俩人的合影，然后抬起头来望着我们，板着面孔，冷冰冰地现出一种十分绝望的神情。

她有气无力地说：“福尔摩斯先生，这人曾向我说只要我能和丈夫离婚，他就和我结婚。这个坏蛋，连一句真话也没和我说，他想尽办法来骗我。我一直是他手里的工具，他对我没有丝毫真情，我为什么要掩护他的罪恶呢？您愿意问什么就说吧！我向您发誓，当我写那封信时，并没想到会害了那绅士，他是我最要好的朋友了。”

“太太，我怎么不相信您呢？”福尔摩斯说，“您先把事情的原委说一遍，这样会好受一些。那封信是斯特普尔顿建议您写的吧？”

“是他说，我写的。”

“等您把信发出后，他又劝阻您不要去赴约吧？”

“他对我说，为离婚诉讼费而让别人出钱有伤他的自尊心，还说，他虽是个穷人，也要花尽最后一个铜板，来达到我们的目的。”

“案发后，他曾叫您发誓，决不要说出您和查尔兹爵士的约会吧？”

“对，他说那是一件很神秘的暴死，如果被人知道了我们约会的话，我会遭嫌疑的。我为这事吓得不敢说话。”

“是这样，您没有怀疑过他吗？”

她犹豫了一下，低下头说：“我知道他的为人。但他若是对我真诚，我也会永远对他忠诚。”

“总的来说，您很幸运脱身了呢，”福尔摩斯说道，“您了解他的担忧，他是清楚的，几个月来，您都在悬崖边缘生活，但灾难快过去了，莱昂丝太太，我们得向您告别了，不久您就能听到我们的消息了。”

当我们站在那里等着由城里开来的快车时，福尔摩斯说：“咱们破案前的准备工作已完成了，一个个困难都解决了。不久我就能写出一本完整的近代奇异惊人的小说了。这案子更奇特，咱们现在还没有掌握确切的证据，但今晚，我们就会制服这个诡计多端的人。”

从伦敦来的快车怒吼着开进车站，一个矮小，但结实得像叭喇狗似的人，由头等车厢里下了车。我们三人握了手，雷斯垂德显然从福尔摩斯身上学了好多东西，对他毕恭毕敬。

雷斯垂德问：“有什么好事吗？”

“没有比这事更重要的啦！”福尔摩斯说，“今天晚上，就让你呼吸一下达特沼泽地上的新鲜空气，好把你喉咙里的伦敦雾气赶跑，我想你是不会忘掉这次旅行的吧！”

5. 巴斯克维尔的猎犬

这应该是福尔摩斯的个缺点——如果真能把它算作缺点的话——那就是他一定要到即将执行的那一刻，才愿意把他的计划完全告诉别人。毫无疑问一部分是出于他强势的天性，他喜欢控制周围的人，并带给他们惊喜；另一部分也是因为他的职业要求他一定谨慎，他从不随便冒险。可是结果呢，却害苦了那些替他做事的人。

我经常得忍受这种痛苦，但还从来没有像这次这样被瞒这么久过。最严峻的考验将摆在我们面前，我们终于要采取最后行动了，可是福尔摩斯还是一句话都没说，我只能猜测他可能会采取的行动。当凛冽的寒风朝我们扑面而来，狭窄的小道两边都是黑沉沉的广阔空间时，我知道我们又回到荒原上来了，全身的神经都激动得充满了期盼。马儿每迈出一步，车轮每转动一圈，我们就离最后的冒险行动更近了一步。

因为有雇来的马车夫在，我们一路上都不敢随便乱讲，只能聊些琐碎的小事，其实我们都为即将发生的事激动不已，神经绷得紧紧的。当我们最终经过了弗兰克兰家的房子，我知道我们已渐渐接近了庄园和行动的地方，才摆脱了之前不自然的紧张，松了一口气。我们没有向庄园的大门驶去，而是去了小径那扇开向荒原的门。付了车钱，把马车打发回库姆·特雷西后，我们开始朝美悦比特宅邸走去。

“雷斯垂德，带武器了吗？”

这位小个子警探笑了笑问。

“只要我穿长裤，后面就有口袋；只要我有后口袋，我就会放些东西进去。”

“好啊！我的朋友和我也是有备而来。”

“您对这事准备得很充分啊，福尔摩斯先生。现在我们该做些什么？”

“就等着。”

“天啊，这地方可真得好可怕啊，”警探说着打了个冷战，环视着他周围阴暗的山坡和笼罩在格林本大沼泽上的一片浓雾，“我看到前面房子的灯光了。”

“那就是美悦比特宅邸，也是我们此行的终点。我得提醒你们要踮着脚走，说话也只能小声耳语。”

我们沿着小路小心翼翼地向房子靠近，但在距离房子两百码左右的地方，福尔摩斯让我们停下了。

“在这儿就行了，”他说，“右边的这些大岩石正好能掩护我们。”

“我们就在这儿等吗？”

“是的，我们就埋伏在这儿。雷斯垂德，你进到这个洞里去。华生，你进过那房子，是吧？你能说说房间的位置吗？这边这些格子窗是哪个房间的？”

“我想是那厨房的窗子。”

“那边很亮的那个呢？”

“那肯定是餐厅。”

“百叶窗是拉起来的。你对这边的地形最熟，你悄悄过去看看他们在做什么——不过老天，千万别让他们发现有人在监视他们！”

我蹑手蹑脚地从小路过去，在那些长势不好的果树周围低矮的围墙边俯下身去，然后从阴影中爬到一个地方，透过没有窗帘的窗子向里面看去。

房间里只剩下两个男人，就是亨利爵士和斯特普尔顿。他们分别坐在一张圆桌的两边，我只能看到他们的侧面。两人都抽着雪茄，前面放着咖啡和酒。斯特普尔顿兴奋地说着什么，但男爵看起来脸色十分苍白，有些心不在焉。也许他是想着要独自穿越恐怖的荒原走回家，心情异常沉重的缘故吧。

就在我望着他们的时候，斯特普尔顿站起身来离开了房间，而亨利爵士则自己倒满了酒，靠在椅背上，吐着烟雾。我听到门“喀啦”一声打开了，然后是靴子踩上碎石的脚步声，沿着我躲藏的矮墙另一边的小路走着。一眼望过去，我看见自然学家停在果园角落的一间小屋门口。他用钥匙开了锁，推门进去，里面传来一阵奇怪混乱的声音。他在里面只待了一分钟左右，接着我又听见钥匙转动，他又经过我进到屋子里去了。看到他又去陪他的客人了，我就悄悄地爬回到同伴那里，告诉他们我所见到的情形。

“华生，你说那位女士不在屋里？”我说完后福尔摩斯问道。

“是啊。”

“那她可能会在哪儿呢？除了厨房，其他房间都没亮灯。”

“我想不出她会在哪儿。”

我刚才说过，在格林本大沼泽上空有一片浓厚的白雾，它现在正往我们这个方向渐渐飘过来，堆在我们这一边像一堵白墙似的，低迷而厚实，而且是轮廓很鲜明的一片。月光照在雾上，看起来像一大片闪闪发光的冰原。远处一些突岩的尖顶从雾中浮现出来，福尔摩斯转过脸去，望着这片缓缓飘来的浓雾，焦躁不安地喃喃自语。

“华生，雾向我们飘过来了。”

“情况很严重吗？”

“确实非常严重——这说不定会破坏我的计划。他现在不可能再待太久了，已经十点了。我们的成功与否，甚至他的性命都取决于他能否在这雾遮住小径之前出来了。”

我们的头顶上，夜空清朗美好，星星闪着清冷明亮的光，半个月亮照得整个地方沐浴在柔和朦胧的光线中。我们前面就是那幢黑乎乎的大房子，它那锯齿状的屋顶和竖立的烟囱在清辉流动的夜空的映衬下，清晰地显出了它们的轮廓。低处的屋子窗中透出的黄色光柱一直越过果园照到荒原上。突然，一道黄光熄灭了，仆人离开了厨房。只有餐厅的灯还亮着，里面两个人，一个是蓄意谋杀的主人，一个是毫无警觉的客人，他们还在抽着雪茄闲聊。

随着时间一分一秒地过去，那片笼罩着半个荒原的羊毛一般的浓雾离房子越来越近了，发着金黄色光的窗前已经滚动着一些薄雾了。较远处果园的围墙已经看不见了，果树站在白色的气流中。在我们注视的这会儿，螺旋状的浓雾已经爬上了屋子两角，然后慢慢堆成了一堵厚墙，二楼和屋顶显露出来像浮在阴沉的大海中的一艘怪船。福尔摩斯着急地拍打着我们面前的岩石，不耐烦地跺着脚。

“如果他在一刻钟内还不出来，小路就会被雾遮住了。半个小时之内我们会连自己的手都看不见。”

“我们是不是该退到更高一点的地方？”

“对，那样会比较好。”

于是，雾墙继续向前面流动，我们冲着雾的反方向后退到离屋子半英里远的地方，但浓厚的白色海洋还是带着银色的月光，无情地慢慢逼过来。

“我们走得太远了，”福尔摩斯说，“我们还没有赶到他就会被追上，我们不能冒这个险。不管怎么样，我们必须守在这里。”他跪下身来耳朵贴到地面上。“谢天谢地，我想我听到他过来的脚步声了。”

一阵疾走的脚步声打破了荒原的寂静。我们蹲伏在岩石中间，全神贯注地盯着面前白墙的银边。脚步声越来越大，像从幕布中走出一般，我们等待的人穿出了浓雾。当他走到月朗星明的夜色中来时，有些吃惊地向四周看了看，然后又迅速地沿着小路前行，从我们埋伏的地方擦身而过，走上了我们身后的长坡。他边走边向两边不停地张望，一副心神不安的样子。

“嘘！”福尔摩斯轻声喊道，接着我听到了清脆的手枪上膛的声音，“注意！它来了！”

从缓缓滚动的雾墙中连续传来轻微但是清晰的“嗒嗒”声。云雾已到了距离我们藏身处不到五十码的地方，我们三人都凝视着，不知道从里面会冲出什么恐怖的东西。我就在福尔摩斯的手肘边，我朝他脸上瞥了一眼。他脸色发白，但一副欢欣激动的样子，眼睛在月光下炯炯有神。但突然，他的目光盯住前方僵直不动了，嘴巴也惊讶地张着。就在这时，雷斯垂德发出了一声恐怖的叫声，脸朝下伏在了地上。我跳起身来，手无力地握住了枪，从雾影中窜出来的可怕的东西吓得我脑中一片空白。那是一条猎犬，一条漆黑的巨型猎犬，但绝不是人们平常见过的那种猎犬。它大张的嘴巴里向外喷着火，两只眼睛像两团燃烧的火焰，它的口鼻、后颈的毛和喉部的垂肉也在发着光。即使是在神经错乱做过的最怪诞的梦里，也没有比这个从雾墙中窜出来的黑色躯体和凶猛的狗头更恐怖、更吓人的东西了。

这个巨型的黑色怪物沿着小路大步向前窜跳，紧紧跟着我们朋友的脚步。我们全被这怪物吓待了，还没等我们回过神来，它已经从我们前面跑过去了。福尔摩斯和我随后同时开枪，怪物发出了一声可怕的吼声，看来我们至少有一人击中了它。但它并没停住，还是继续向前狂奔。我们看到远处小路上亨利爵士向后看过来，月光下他的脸一片惨白，惊恐地抬起了双手，绝望地瞪着对他穷追不舍的可怕怪物。

但是那巨犬痛苦的狂吠还是消除了我们的恐惧；如果它能被我们伤害，那它就不是什么魔怪；如果我们能伤到它，那我们也就一定能杀死它。我从没见过一个人能像福尔摩斯那晚跑得那么快。我向来被称作“飞毛腿”，但他像我超过那小警探一样把我甩在后面。就在我们沿着小路狂奔时，我们听到了前面传来亨利爵士一声接一声的狂喊和那条巨犬低沉的吼声。我赶到时正好看到那怪兽窜跳到亨利爵士身上，把他扑倒在地要咬向他的喉咙。说时迟那时快，福尔摩斯的左轮手枪连击了五发子弹，全打中了怪兽的侧腹部。它发出一声痛苦的长啸，一下咬了个空，终于背着地倒了下来，四只脚还发狂地挣扎了一会儿，然后歪在一边不动了。我气喘吁吁地弯身用手枪对准了那可怕的发着幽光的脑袋，但是已经不用再扣动扳机了，巨犬已经死了。

亨利爵士倒在地上失去了知觉。我们解开他的衣领，当看到他身上并没有伤痕时，福尔摩斯感激涕零地祷告起来，我们的救援刚好及时。我们朋友的眼睛微微颤动，虚弱地挣扎着想挪动身体。雷斯垂德取出他的白兰地酒瓶，往男爵嘴里灌了一些，他睁开了两只眼睛，带着恐惧看向我们。

“我的天！”他有气无力地说道，“那是什么？天啊，那究竟是什么东西？”

“不管它是什么，反正已经死了，”福尔摩斯说，“我们已经把这个家族的幽灵永远地除掉了。”

摊在我们面前的是个仅看体形和力气就很可怕的怪物。它不是那种纯种的猎犬或獒犬，而似乎是这两者的混种——外形恐怖凶恶，几乎有一只小母狮那么大。即使现在它已经死了不动了，它的巨颚似乎仍像垂着一团火，深陷而凶残的小眼睛周围像有一圈火。我把手放在它发光的口鼻处，拿回手来时我发现我的手指也在发光。

“是磷，”我说。

“真是狡猾的设计啊，”福尔摩斯一边闻着死去的猎犬一边说，“没有能影响它嗅觉的气味。亨利爵士，我们非常抱歉，让你受到这么大的惊吓。我本来以为是条大猎犬，没想到是这么个怪物，而且因为大雾，我们没来得及拦住它。”

“你们救了我的命。”

“可是却让你冒了这么大的险。你能站起来吗？”

“再给我喝口白兰地就没事了。好了！现在您把我扶起来吧。您现在打算做什么？”

“你留在这儿。你今晚不能再作任何冒险了。如果你在这儿等等，我们中的一个人会陪你回庄园去。”

他挣扎着站起来，但还是气喘得厉害，面色苍白而且浑身都在颤抖。我们扶他坐到一块岩石上，他坐下来，双手颤抖着捂住了脸。

“我们现在得离开你一下，”福尔摩斯说，“我们还有剩下的工作要做，必须分秒必争。我们已经掌握了证据，现在只需要抓人了。”

“我们要在他家里找到他的可能性只有千分之一，”当我们迅速沿小路折回去时，福尔摩斯继续说，“那些枪声肯定已经让他知道他的诡计被拆穿了。”

“我们离得有段距离，而且这雾可能会消除一些声音。”

“他跟着那条巨犬，以便唤它回去——关于这点你可以肯定。不，不，他这会儿肯定已经走了！不过我们还是搜一下屋子，确定一下。”

前门开着，于是我们冲进去在屋子里一间一间地搜查，这样子吓到了我们在走道上碰到的那个步履蹒跚的老仆。除了餐厅，其他地方都没开灯，但福尔摩斯抓起一盏台灯，搜遍了屋里的每一个角落。我们没有找到我们所追的人的任何踪迹。不过，在楼上有一间卧室的门被锁住了。

“有人在里面，”雷斯垂德喊道，“我听到有东西挪动的声音。打开这扇门！”

里面传出微弱的呻吟声和挣扎声。福尔摩斯飞起一脚踢到门上锁孔的正上方，门猛地一下开了。我们三个握紧了枪一起冲进了屋里。

但是屋里并没有我们要找的那个穷途末路的混蛋的身影，相反，倒是出乎意料地见到了一样古怪的物体，一时间我们全都惊呆地站在了那里。

房间的陈设像个小型博物馆，墙边一圈是一列玻璃顶的柜子，里面陈列的尽是些收集的蝴蝶及飞蛾标本，这些东西就是被这个复杂危险的人物用来娱乐消遣的。房间中央有一根直立的柱子，安放在那里有一段时间了，用来支撑屋顶上被虫蛀了的梁木。一个人被绑在了这根柱子上，但是被床单紧紧包起来了，一时之间让人无法判断是男还是女，一条毛巾从喉间绕过绑在了后面的柱子上，另外有一条毛巾遮住了下半脸，露出两只漆黑的眼睛——两只满含着忧伤、羞愧和惊疑的眼睛——瞪着我们。很快我们就将他脸上和身上的捆绑扯了下来，斯特普尔顿太太出现在了我们面前，她一下滑落到地板上。她美丽的头垂到胸前，我看到了她脖子上清楚的红色鞭痕。

“这禽兽不如的东西！”福尔摩斯叫道，“雷斯垂德，把你的白兰地拿过来！把她放到椅子上！她被虐待得筋疲力尽，已经昏过去了。”

她又睁开了眼睛。

“他安全了吗？”她问，“他逃脱了吗？”

“太太，他从我们这里逃不掉的。”

“不，不，我说的不是我丈夫。亨利爵士呢？他安全了吗？”

“是的。”

“那只猎犬呢？”

“死了。”

她放心地长长叹了一口气。

“感谢老天！感谢老天！哦，这个混蛋！看他是怎么对待我的！”她把袖子卷起来，露出了手臂，我们惊恐地发现上面全是一块块的淤青。“但这算不了什么——没什么！受到他的折磨和玷污的是我的心灵和灵魂。我可以忍受这一切，这种被虐待、孤寂、欺骗的生活以及所有一切，我仍然希望还能拥有他的爱，但现在我知道了，即使在这一点上，我也已经被他骗了，只不过是被他利用的工具而已，”她说着激动得一阵哭泣。

“太太，您对他的好感已经荡然无存了，”福尔摩斯说，“那您告诉我们在哪里能找到他。如果您曾经助纣为虐，那您现在就帮助我们，弥补您的过错吧。”

“他只可能逃到了一个地方，”她回答，“在沼泽中央的一个小岛上有个旧锡矿，他就是把他的猎犬藏在那儿的，也准备在那里避难。他一定是逃到那里去了。”

雾墙像条白毛毯一样堆在窗边。福尔摩斯拿起台灯走到窗边。

“看，”他说，“不可能有人能在今晚辨认出进入到格林本大沼泽的路。”

她拍着手大笑起来，高兴得眼睛和牙齿都闪闪发亮。

“他可能会找到进去的路，但永远也别想出来了，”她喊道，“今天晚上他怎么可能看得见那些路标？是我们一起插上的，他和我，在穿越沼泽的小路上做了标记。噢，要是我今天把它们全拔出来就好了，那你们肯定就能抓住他了。”

很明显，我们所有的追踪只能等到大雾消散后再进行了，于是我们让雷斯垂德留下看守房子，福尔摩斯与我则陪男爵回到巴斯克维尔庄园。我们再也无法向他隐瞒有关斯特普尔顿的事，不过当他得知自己所爱女人的真相时，还是坚强地接受了这个事实的打击。不过这一晚的冒险经历使他的神经受到了严重的创伤，他一整晚都高烧不退，不省人事，莫提默医生一直守在旁边照顾他。在亨利爵士完全康复之前，他们两人已商量好打算一起环游世界，要知道他在成为这幢不祥的庄园主人之前，他的体格有多么强壮，精神是多么饱满啊。

现在我要快点结束这段奇异的故事了，这段时间它带给了读者那么多恐惧的阴霾与模棱两可的猜测，而最终却以这么一场悲剧结束了。那只巨犬死后的第二天清晨，大雾终于散去，我们在斯特普尔顿太太的引导下，找到了那条能穿越沼泽的小路。这女人带我们找寻她丈夫的踪迹时所表现出来的急切与兴奋，让我们可以了解到这女人过去的生活是多么恐怖。我们留她在一片坚实的土地上，那里有一块小半岛似的一直深入到沼泽里。从半岛的头上起，一丛丛灯芯草杂生在漂着绿色浮渣的坑里与污秽的泥沼间，一根根小棍插在上面，到处都是，显出一条蜿蜒曲折的小径，一般不熟悉的人是不敢涉足的。繁茂的芦苇和青葱湿滑的水生植物都发出腐臭味，一股浓重的沼气扑面而来，我们不止一次地失足陷入到大腿那么深的黑色颤动的泥沼之中，即使走过数码远，软泥还是黏糊糊地沾在脚边上。我们走过时，那些泥牢固地粘着我们的鞋跟，一旦陷入其中,就像有一只邪恶的手不断地想要把我们拖进到无底的深渊中去，抓得是那么紧那么坚定。只有一次，我们看到的一处痕迹表明，在我们之前有人曾走过这危险的小径。在软泥中的一丛棉花草上，有个黑色的东西伸了出来。福尔摩斯从小径向旁边迈出去够它，没想到一下子就陷了下去，污泥深及他的腰部。如果不是我们合力把他拖出来，恐怕他再也回不到坚实的陆地上来了。他手里高举着一只黑色的旧皮靴。靴子里面的皮上印着“梅尔斯·多伦多”。

“这很值得在泥潭里打个滚，”他说，“这是我们的朋友亨利爵士丢失的那只靴子。”

“肯定是斯特普尔顿逃走时扔掉的。”

“没错。他让猎犬闻过后去追踪，他一直把靴子拿在手上。当他发现计划失败后，他就逃走了，但手里仍抓着它，一直逃到这里才扔掉。我们现在至少知道他安全地到了这里。”

我们虽然可以作很多猜测，但是除此之外我们就再也无从得知更多的情况了。在沼泽中不可能找到脚印，因为上升涌起的泥很快就覆盖在上面了。当我们一走过泥沼，最终到达坚实的地上时，我们都急切地找起脚印来，但一点影子也看不到。如果大地没有说谎，那么看来斯特普尔顿并没有抵达他昨晚在雾中挣扎逃窜要去的避难小岛。在格林本大沼泽的中心，巨大泥沼的污秽软泥已经把他吞没了，这个冷酷的家伙被永远地埋葬在这儿了。

这个他曾经藏匿那凶猛的同谋的小岛上，到处都是泥沼，在那里我们找到了很多他留下的痕迹。一个巨大的驱动轮，一个堆了半井废物的竖井表明这是个废弃的矿坑。旁边是矿工小屋破损的残留物，显然小屋是被周围恶臭的泥沼冲走的。其中一间里有个U形钉，一条铁链和一大堆啃咬过的骨头，看来曾经有动物被关在这里。残留物中有一具骨骸上面沾了一团纠结的棕色毛发。

“是一只狗！”福尔摩斯叫道，“天啊，是只卷毛狗。可怜的莫提默再也见不到他的爱犬了。嗯，我想这地方没有什么我们还不清楚的秘密了。他可以藏起他的猎犬，却无法阻止它发出叫声，因此有人会听到那些即使在白天也令人毛骨悚然的吠声。在紧急时，他可以把猎犬关在美悦比特宅邸外面的小屋里，但那总是太冒险，因此只有在他认为他的计划已经准备就绪时才敢这么做。这罐里的糊状物一定就是那畜生身上抹的磷。当然，这灵感是来自那家族传说中的魔犬，想要吓死查尔斯爵士。当在黑暗的荒原上突然看见这么一个怪物追出来时，难怪那可怜的逃犯会狂奔尖叫，甚至我们的朋友也是这样，即使是我们自己在那种情形下也一样。这真是个狡猾的诡计，除了可以吓得被害人狂奔致死之外，如果有农夫偶然瞥见这个怪物，会有谁敢冒险走近看个究竟呢？华生，我在伦敦说过，现在我再说一次，我们还从来没有协助追捕过比躺在那里的他更危险的人物呢。”——他挥动着他的长臂，指向那一大片斑驳的绿泥沼，这泥沼在远处一直延伸到荒原的赤褐色坡地上。

6. 回顾

亨利爵士和莫提默医生准备作一次长途旅行前，特意拜访了我们，我们很自然地谈起了这个问题。

当亨利爵士问起全案的梗概时，福尔摩斯说：“我的调查已证实了巴斯克维尔家的画像并没骗人，那家伙其实就是查尔兹爵士的弟弟罗杰·巴斯克维尔的儿子。罗杰曾带着极差的名誉逃到南美洲，传说他在那里没结婚就死了，其实他结了婚并生了一个儿子。这个小家伙和父亲同名，他和一位哥斯达黎加的美人贝莉儿·迦洛茜娅结了婚，在一次偷取了大批公款后，他就改名凡戴勒逃到英格兰。在这里，他又在约克郡的东部开办了一所小学。他所以想搞这种事业，是因为他在归途中偶尔结识了一个患有肺病的教师，他想利用这人的能力作一番成功的事业。可是这个教师死了，弄得这学校名誉不佳直到臭名远扬。凡戴勒夫妇感觉最好改姓斯台普吞，于是他就带着余下的财产，带着未来的计划和对昆虫学的爱好迁到英格兰南部去了。我从大英博物馆得知，他在这一门学问里还是公认的权威呢，有一种他首先发现的飞蛾，还被命名为凡戴勒。

“那家伙显然在调查之后，发现了只有两个人有碍于他继承庞大的财产。在去德文郡时，他的计划还很模糊，他带着自己的太太并让她以妹妹的身份出现，显然从一开始就居心不良，他想用她作钓饵。为了把财产弄到手，他不惜采用任何手段或冒任何危险。他的第一步行动就是把自己的家安置在邻近祖宅的地方，愈近愈好。第二步就是培养起与查尔兹·巴斯克维尔爵士和邻人们的友情。”

“查尔兹爵士告诉了他关于家族猎狗的传说，他的脑子里立刻想出一个置男爵于死地，而又查不出真正凶手的办法。他知道查尔兹爵士既迷信又心脏不好。一个阴谋的计划者，利用一只凶恶的猎狗，用人工的方法把这动物变得和魔鬼一样可怕。他从贩狗商人那儿买来一只极强壮、凶猛的大狗，并为狗找到了一处安全的藏身之所，待机使用。”

“可是，查尔兹爵士晚上几乎不出门，斯台普吞带着猎狗在外埋伏毫无结果。他曾希望他的太太将老绅士引向毁灭，可无论怎样殴打她，她也决不参与这件事，这段时间，斯台普吞一筹莫展。可他还是抓住了机会。查尔兹爵士对他产生了友情，就在帮助可怜的莱昂丝太太那件事里他负责掌管一笔慈善金。他以单身汉的身份向她表示要和她结婚。但他那计划面临一个紧要关头，查尔兹爵士应莫提默大夫建议准备离庄园而去。他决定马上采取行动，迫使莱昂丝太太写了封信，恳求老绅士在去伦敦的前一天晚上见一面，之后又编了一套挺有道理的理由阻止她去赴约。”

“在傍晚时，他有足够时间弄回他的猎狗，抹好发光涂料，再带着那畜牲到栅门附近去。那老绅士恰好在那等着，那狗受到主人的怂使，跃过栅门向不幸的老人追过去，他被追得沿着水松夹道飞奔。由于恐惧过度，他的心脏承受不住，最后他在夹道尽头倒地身亡。当狗看到他一动不动后，发现他已死去就转头离开了。就在这时，他留下了摩梯末医生所看到的爪印。这件神秘的事件使官方感到莫名其妙，最后我们接手调查了这桩案子。”

“我们再来看与此案有关的两个女人，斯台普吞太太和劳拉·莱昂丝太太都对斯台普吞极为怀疑。斯台普吞太太知道他在暗算那老头，也知道那只猎狗；莱昂丝太太对这两件事不清楚，可她怀疑的是暴死的时间正是她取消了的约会时间。他对她们一无所惧。”

“后来，斯台普吞从莫提默医生那里知道继承老绅士遗产的亨利爵士的消息。他原想在伦敦就把这陌生的青年弄死，他怕他的妻子坏他的事，就带她一起到了伦敦，并把她关进房间里。他自己装上假胡须，跟踪莫提默医生的行踪。他的太太害怕他再做恶事，又对他的残暴产生恐惧心理，于是她拼凑了那样的一封信，向亨利爵士发出第一次危险警告。”

“弄一件亨利爵士的衣物对斯台普吞极其重要，于是他以特有的机警和大胆动起手来。我们可以肯定，旅馆的男女仆人一定都收了他的好处费才帮助他达到目的。后来，第二天早晨，咱们的朋友又来拜访咱们，斯台普吞一直在追踪着。斯台普吞的罪恶历史决非仅此一案。西部曾发生四次大盗窃案，可是没有一次捉到罪犯。我相信，他就是这样补充了他那日渐减少的财产。”

“那天早晨，他成功地逃掉了，并且通过马车夫将我的姓名传达给我时，咱们已领略了他的机智和大胆了。从那时起，他知道我在伦敦着手这桩案子，他只好回到达特沼泽地，等候准男爵的来临。”

“等一下，”我插言道，“主人在伦敦时，那只猎狗怎么办呢？”

“这是件重要的事情，斯台普吞有一个忠实的老仆人叫安东尼。他俩的关系要追溯到多年前斯台普吞做小学校长时期。这个人，像斯台普吞太太一样，英文说得很好，但带着奇怪的大舌头的味道。我曾亲眼见过那老头经过斯台普吞所标出来的小路走过格林盆泥沼，猎狗很可能是由他来照管。”

“也许你们还能记得，当我检查那张上面贴着报纸铅字的信的时候，我仔细地检查了纸里面的水印。在检查时，我把它拿在离眼睛只有几英寸的地方，感觉出有一种像是白迎春花的香味。那股香水说明，案子里面牵扯到一位女士，当时我心里已经开始想到斯台普吞夫妇。我就是这样地在去西部乡下之前肯定了那猎狗，并且猜出了罪犯。”

“我玩的把戏就是监视斯台普吞。可是，我和你们在一起就会干不成这件事，我把大家都蒙骗了，悄悄地去了乡下。卡特莱和我一同来了，他假扮成农村小孩。他对我的帮助太大了，我得靠他才能弄到食物，并抓住所有的线索。

“华生大夫的报告对我帮助太大了，特别是有关斯台普吞身世的那篇，让我证明他们就是那对夫妇了。华生，当你在沼泽地里发现我的时候，我已把全部的事实弄清楚了，可是我没有拿到足够的罪证。看样子除了当场这样做之外，别无他法了。我们这样去做了，并因此让咱们的委托人受到了惊吓。在这件不能忘记的事情里，最令他伤心的是那不幸的女人骗了他。”

“现在再来谈谈她在此案中所扮演的角色吧。无疑地，她受着斯台普吞的左右。其原因也许是爱情，也许是恐惧，更可能两者都有。在他的命令之下，她同意装作他的妹妹。斯台普吞似乎有嫉妒心，当他看到准男爵向女士求婚时，他还是忍不住出面干涉。他用笼络感情的办法使亨利爵士经常到梅利瑟宅邸来，以便早晚能获得所期望的机会。在事情危急的那一天，他太太突然同他对立起来。她知道，亨利爵士来吃晚饭那一傍晚，那只猎狗就关在外边的小屋里。她谴责了她丈夫预谋要干的罪行，她第一次透露了她另有所爱。她那往日的柔顺突然变成深深的仇恨，他看得出来，她会将他出卖的，因此他就把她捆了起来，以免她去警告亨利爵士。我想，他打错了算盘，他的命运同样是注定的。一个有着西班牙血统的女人是不会那么轻易地宽恕这样的侮辱的。我要讲述的就这些了，我不知道是否还剩下什么重要的东西没解释。”

“他是不是指望那只可怕的猎狗，像弄死老伯父那样吓死亨利爵士呢？”

“那畜牲凶猛得很，又只能喂个半饱。他的外表就能使被追踪的人丧失抵抗力。”

“当然了。最后还有一个难题，如果斯台普吞继承了财产，他怎样来解释这样的事实呢，作为继承人，为什么一直更名改姓地隐居在离财产那么近的地方呢？他要求继承权怎能不引起别人的怀疑和要求进行调查了呢？”

“这真是一个难题，我恐怕解决不了这个难题。过去和现在的事还能搞清，一个人将来怎样就很难讲了。斯台普吞太太曾几次听到她丈夫谈论这个问题，有三个方案可以考虑：他可能从南美洲要求继承这份财产，让当地的英国当局证明他的身份，这样可以不来英格兰就能弄到财产；另外，他也许会在伦敦隐居一段时间，等风平浪静后作为事实上的唯一合法继承人出面；当然，他也可能用金钱收买一个同谋，再假造一些文件，只要求部分继承权。这样，既可以堵住当地人的口，又可以得到实惠。啊，我亲爱的朋友，咱们已经紧张工作好几个星期了，这个案子也已经侦破完了，该好好地去放松放松了。我在虞格诺戏院订了一个包厢，咱们在半小时内穿戴好，先去玛齐尼饭店吃晚饭吧。”

福尔摩斯名言警句

是的，我生来就是一个自由散漫的人，但同时又是一个极其好动的人，我常常想起歌德的那句话——“上帝只给你造了一个人形，只不过是体面其表，流氓其质。”

冒险史

Blood Keyword Research

波希米亚丑闻

每次提到安娜·阿德勒，福尔摩斯都称她为“那位”女士，就好像她没有别的称呼一样。福尔摩斯心中的“那位”女士，才貌双全，是所有女人中最出色的一个。光凭这些也并不说明福尔摩斯对她怀有爱情，因为福尔摩斯是个特别古板、冷静的人，他就像是世界上用来进行最精密的观察与推理的机器，要他去做情人，真是强人所难。他对情感，特别是爱情，是很不“感冒”的。他说话的语气不是讥讽就是挖苦，从没听他说过脉脉含情的话。对观察家来讲，甜言蜜语能揭示一个人的行为和动机，可是对于受过训练的推理专家来讲，这种情感会分散他的注意力，他的推理会遭到干扰，受干扰的程度比精密仪器落入沙粒或高倍放大镜裂了缝还严重。可是，有一个女人，唯一的一个女人，已经去世的安娜·阿德勒，在他的心目中留下了朦胧的印象。

最近我很少见到福尔摩斯，我结婚后，和他来往的次数就越来越少了。完美的婚姻和初次当家的乐趣，深深地吸引了我。而福尔摩斯，依旧厌恶一切世俗，豪放不羁。因此，他仍然埋头于贝克街那所房子的旧书堆中。他服用可卡因，然后再疯狂工作，一周又一周，他就处在这样一种由药物带来的昏睡状态和充满旺盛精力的工作状态的交替中。他依然沉迷于犯罪行为的研究，用他那超常的智力与观察力去搜寻线索，侦破官方警察认为无法解破的案件。我时不时地了解到关于他的一些情况，比如说他被请到奥德萨去侦破德雷帕夫暗杀案，他侦破了特伦柯马利的艾德金森兄弟惨案，以及出色地完成了荷兰王室交予的使命等。这些事，我也是和读者一样，是从报纸上了解到的。除此以外，老朋友福尔摩斯的别的情况，我也不太清楚。

1888年3月20日晚上，我出诊归来（我那时又开始行医了），刚好路过贝克街。当我又一次看到那熟悉的房门时，以前的情景不由得浮现眼前，在我心中，它总是和我的追求以及在“血字的研究”一案中的神秘事情联系在一起。我突然想和福尔摩斯叙叙旧，很想知道他最近在忙什么。灯光从他屋子里溢出来，我抬头望去，窗帘上，他的背着手的瘦高身影来回走动。他什么样的情绪会有什么样的行为举止，我早已了如指掌，因此，我想，他肯定刚从药物带来的昏睡中清醒过来，此刻正沉迷于一个新出现的案件的推理中。我按了按门铃，福尔摩斯把我领进了曾属于我的房间。

尽管福尔摩斯看到我的那一刹那还是很高兴的，但我发觉，他不像以前那么热情了。他一言不发地用手示意我坐到那张有扶手的椅子上，然后，扔给我一盒雪茄。他站在壁炉前面，指了指放在屋角的酒精瓶和小型煤气炉，用独特的神情打量着我。

“你结婚后很好，”他开口了，“华生，上次见面到现在，你又重了七磅半。”

“七磅。”我回答说。

“不，我看有七磅多，华生，应该有七磅多。看你的样子，你又开始行医了，可我没听你说过要重操旧业。”

“你怎么知道我又行医了？”

“当然是我见了你之后，推理出来的。如果我没说错的话，你最近经常淋雨，而且，你雇用的女仆笨手笨脚的。”

“哦，我亲爱的福尔摩斯，”我说，“你太神了，你要是生活在几个世纪以前，肯定会被用火刑活活烧死。没错，我星期四到乡下去了，走路去的，回来的时候让雨淋透了。可我换过衣服了，真不知道你是怎么看出来的。那个女仆，玛丽珍，简直蠢得无可救药，我妻子把她炒鱿鱼了。可我还是不知道，你到底是怎么推断出来的？”

他笑了起来，边笑边高兴地搓着他细长的手。

“很简单，”他说，“我刚才借着炉火看到你左脚皮鞋的内侧有六条几乎平行的划痕，这显然是刮沾在鞋上的泥疙瘩时，粗心大意弄成的。所以，我由此推出两个结论：一是你曾经在下雨天外出过，二是皮鞋上的划痕是伦敦女仆造成的。至于说你重操旧业，这么说吧，要是有一个人，他满身碘酒味，右手食指上有硝酸银腐蚀的黑斑，高顶黑礼帽的右侧鼓起一大块，像是藏着听诊器，这样的人走进我的房间，我还看不出他是个医生，那我不是太蠢了吗？”

他把推断过程说得轻而易举，我忍不住笑了起来。“每次听你推理，”我说，“总觉得什么事都简单得滑稽可笑，好像我也能推断出来。可在你解释之前，我总弄不懂你下一步的推理是什么，不过，我还是相信我的眼力不比你差。”

“确实这样，”他点燃了一根雪茄，非常舒服地半躺在扶手椅上，“你是在看，而我是在观察，这就是区别。比如说，你经常走通到这个房间的楼梯吧？”

“是的。”

“你走了多少次了？”

“至少有上千次了吧。”

“那你知道有多少级梯子吗？”

“多少级？我不清楚。”

“这就是了！你只是看，而没有观察。我们的区别就在这里。我知道一共有 17 级，我观察过了。顺便说一下，既然你对这些小问题有兴趣，又经常把我的一两次微不足道的经验记录下来，那你可能对这个东西会有兴趣的。”他拿起桌上的一张厚厚的粉红色便条递了过来。

“是邮差送过来的，”他说，“你大声念念。”

这是一张没有署名，也没有落日期和地址的便条，上面写着：

今晚七时三刻会有某先生造访，有至关重要之事与阁下相商。阁下最近曾为欧洲的某王室效力，表明阁下足可担当大事。阁下盛名，天下广布，我等甚知。届时望阁下勿外出，如来访者佩戴面具，请勿见怪。

“这挺神秘的，”我说，“你说会是怎么回事呢？”

“我还没找到任何根据。在这种情况下随便推测，会歪曲事实的，这是最大的错误。现在我们只有一张便条，你能推断出什么？”

我仔细地观察着那张便条。

“写这便条的人很有钱，”我尽力像福尔摩斯那样推理着，“这种纸一克朗买不到两叠，纸质特别结实硬挺。”

“对，特别结实，”福尔摩斯说，“这根本不是英国出产的纸，你把它举起来，对着光看看。”

我对着光把便条举起来，发现纸张的纹理中有一个大写的“E”，一个小写的“g”，一个大写“P”，以及一个大写的“G”和一个小写的“t”交织在一起。

“你知道这是什么意思吗？”福尔摩斯问。

“不用说，这是制造商的名字，更确切地说，是他名字的缩写。”

“不对，你连边都没沾到。大写‘G’和小‘t’代表的是‘GeseLLsdft’这个词，是德语中的‘公司’，就像我们常用的缩写语‘Co’一样。当然‘P’是指‘Papier’。至于‘Eg’，我们来查一下《大陆地名词典》。”他从书架上取下一本厚厚的棕色封面的书。“Egjow，Egjozitz——有了，是‘Egria’。这是德语国家波希米亚的一个地名，离卡尔斯拜德不远，因为瓦伦泰恩死于那里而闻名于世，也以林立的玻璃厂与造纸厂著称。哈哈，老伙计，你现在有什么想法？”他的眼睛炯炯有神起来，他得意地吐出轻雾般的烟圈。

“你是说这纸是波希米亚造的。”

“完全正确，而且写便条的人肯定是德国人。你注意没有——阁下盛名，天下广布，我等甚知——法国人和俄国人绝不会这么写，只有德国人才会这么乱用动词。现在，我们要做的是，弄清楚那个用波希米亚纸写字，还要戴面具掩饰身份的德国人有什么目的——如果我没弄错的话，你听，给我们解开谜团的人，他已经来了。”

他正说着，外面传来了清脆的马蹄声和车轮滚动的轧轧声，接着，门铃拉响了。福尔摩斯高兴地吹了声口哨。

“听声音，是辆双套马车，”他说着，往窗外瞄了一眼，“啊，没错，一辆精致的布鲁姆马车和两匹骏马。一匹马值一百五十畿尼呢。华生，我们要遇到大主顾了。”

“我想我该走了，福尔摩斯。”

“你说什么呀，华生，你就待在这。看起来，这个案子很有意思，你要错过了，那就太遗憾了。”

“可你的委托人——”

“别管他，也许我和他都需要你帮忙呢。好了，他来了，华生，你就坐在那，好好地听我们说就行了。”

缓慢而沉重的脚步声从楼梯上、走廊上传了过来，一直到门口才停下。接着，我们听到了敲门声。

“请进！”福尔摩斯说。

一位先生走了进来，他身高六英尺六英寸左右，胸膛宽厚，体魄强健。他的穿着很华丽，但他的装束在英国却显得有些庸俗。他身穿双排纽扣的上衣，袖子和前襟开叉处镶着宽宽的羊皮；肩披猩红色丝绸做衬里的深蓝色大氅；领口上别着一枚镶有绿宝石的胸针；齐膝的高筒靴子口上滚着厚厚的棕色毛皮。这身打扮给人以粗野、奢华的印象。他手里拿着大檐帽，脸上戴着面具，黑面具，把脸的上半部遮住了。他刚进屋时，手还放在面具上，显然是刚用手整理过。从他的下半部脸来看，他厚厚的嘴唇下垂着，下巴又直又长，像一个个性很强，或者说有点顽固的人。

“你看了便条吗？”他问，声音略显低沉、沙哑，而且带着很浓的德国口音，“我说过要来拜访您的。”他轮番打量我们，不知该跟谁说话。

“请坐，”福尔摩斯说，“这是我的朋友和搭档华生先生，我破案的得力助手。请问阁下，我该怎么称呼您呢？”

“你叫我冯·克拉姆伯爵吧，我是波希米亚贵族。我想你这位朋友也该是一位值得尊敬的正直谨慎的人，我也可以把重要的事交给他吧，不然的话，我想跟您单独谈。”

我听到这，起身要走，但福尔摩斯一把将我抓住，让我又坐回到扶手椅上。“要么当着我俩一起谈，要么什么也别谈。”他对神秘客人说，“在我朋友面前，你什么都可以说。”

伯爵耸了耸宽厚的肩膀，说：“那在讲之前，我得先和你们约定，这事两年内要绝对保密。因为这事重要得足以影响整个欧洲，而两年后，就无关紧要了。你们能给我保密吗？”

“我保证。”福尔摩斯回答他。

“我也一样。”

“请原谅我戴着面具。”德国客人接着说，“派我来的人不想让你们知道我是谁，所以，我必须跟你们坦白，我刚才告诉你们的名字是假的。”

“这我知道。”福尔摩斯冷冷地说。

“这事很糟糕，我们得想办法不让这件事发展成大丑闻，使欧洲一个王族免受伤害。说白了，这件事牵涉伟大的奥姆斯泰恩家族，也就是波希米亚的世袭国王。”

“这我也知道。”福尔摩斯说着，往椅背一靠，眯上了眼睛。

来访的客人非常惊讶地看了一眼福尔摩斯这副无精打采、懒洋洋的样子。因为在他心目中，福尔摩斯是欧洲最精明的推理专家和精力最旺盛的侦探。福尔摩斯慢慢地又睁开了眼睛，不耐烦地看着这位来访者。

“只有陛下能屈尊把事情说清楚，”福尔摩斯说，“我才能更好地为您效力。”

客人听后猛地站了起来，他情绪激动，不停地在房间里来回踱步。接着，他有点绝望地扯下面具，把它扔到地上。

他大声嚷道：“你说对了，我是国王，我没必要再隐瞒下去了。”

“是啊，何必呢？”福尔摩斯说，“陛下开口之前，我就知道和我说话的是卡士耳——沸耳士泰英大公，波希米亚的世袭国王，威廉·哥德莱西·西吉士蒙德·冯·奥姆思泰因。”

“但你要体谅我，”国王——奇怪的客人又坐了下来，摸了摸又高又白的额头，说，“你应该知道我不能亲自办这种事。可这件事太重要了，我从布拉格来到这里就是为了征求你的意见。”

“那就请你说吧。”福尔摩斯说着，又眯上了眼睛。

“事情是这样的，五年前，我到华沙作长期访问的时候，认识了一位很有名的女冒险家，她就是安娜·阿德勒。我想，这个名字你不会感到陌生吧？”

“医生，请帮我在资料索引中查安娜·阿德勒。”福尔摩斯眯着眼睛说。这些年来，他采用了这样一种方法，把很多人和事的材料贴上标签备案，以便查找。所以，很少有他不知道的人或者事。我很快就找到了关于那个女人的资料，它夹在犹太法学博士和写过一篇有关深海鱼类论文的参谋官这两份材料之间。

“让我看看，”福尔摩斯说，“嗯，她 1858 年生于新泽西州。女低音、意大利歌剧院——嗯，华沙帝国歌剧院首席女歌手——退出了舞台——对了，她现在住在伦敦——好，据我所知，陛下和这个女人有点关系。您曾给她写过几封使自己受连累的信，现在急着把信要回来。”

“正是这样。可是，怎么才能……”

“你们秘密结过婚吗？”

“没有。”

“有法律文书或证明吗？”

“没有。”

“这我就不明白了，陛下，如果她想用那些信件要挟你，或者达到别的什么目的，她怎样才能证明那些信件不是伪造的呢？”

“信上有我的亲笔字。”

“呸！伪造的！”

“那是私人信件。”

“偷的。”

“有我的印签。”

“伪造的。”

“有我的相片。”

“买的。”

“我们两个都在那张相片里。”

“啊？这就麻烦了。陛下，您太糊涂了。”

“我那时真糊涂了——精神有问题。”

“你是自己害自己。”

“那时，我不过是很年轻的王储；现在，我也才30岁。”

“如此说来，必须把相片收回来。”

“我已经试过，可没有成功。”

“您可以出重金把那张相片买回来。”

“她不会卖的。”

“那么只好去偷了。”

“我偷过五次了。有两次派两个小偷去搜她的房间，还有一次在她旅行时调换了她的行李，还在路上抢劫过两次，可什么也没得到。”

“连在哪里的迹象都没有？”

“一点都没有。”

福尔摩斯笑了起来，说：“小事一桩嘛。”

“可对我却很严重。”国王有些生气了。

“确实严重。她想用这张相片干什么呢？”

“把我毁掉。”

“把你毁掉？”

“我快结婚了。”

“我知道。”

“我要和斯堪的那维亚国王的二公主克罗娣尔德·罗德曼·冯·札克思麦宁恳结婚。你可能听说过她家那套很严格的规矩吧，她自己也是个很敏感、细心的人，如果她怀疑我的德行有问题，那婚事就泡汤了。”

“那安娜·阿德勒呢？”

“她说她要把相片寄给他们，她一向说到做到。你可能不知道，她个性很强。她既有女人完美的容貌，又有男人般坚强的心智。只要我和别的女人结婚，她什么事都做得出来。”

“你敢肯定相片还在她手上吗？”

“我敢肯定。”

“为什么？”

“因为她说过，要在婚约公布的那天把相片寄出去，也就是说，在星期一。”

“哦，还有三天时间呢。”福尔摩斯不紧不慢地打了个哈欠，“您运气真好，眼下我只有一两个案件要查。陛下要在伦敦住一阵子吧？”

“当然，你可以在朗罕姆旅馆找到我，我用的是冯·克拉姆伯爵的名字。”

“我会及时把事情的进展情况禀报给你的。”

“那太好了，否则我会急死的。”

“那么，钱的事怎么说？”

“随你要多少。”

“随我要多少？”

“跟你直说吧，只要把相片弄回来，我可以割一个省给你。”

“目前我的开支呢？”

国王从他的大氅下面拿出一个沉甸甸的羊皮袋放在桌子上。“这里面有三百镑金币和七百镑现钞。”国王说。

福尔摩斯在笔记本上草草地写了张收条，撕下来递给国王。

“那位小姐的地址呢？”福尔摩斯问。

“圣乔伍特，赛彭泰恩大街，普里奥尼大院。”

福尔摩斯把地址记了下来。“还有个问题，”他说，“相片是六英寸大的吗？”

“是的。”

“那就再见吧，陛下。很快就会有好消息给您的。”

当国王的马车已经走远的时候，他接着说：“再见了，华生，我想让你明天下午三点钟来，我有事跟你说。”

第二天下午三点整，我到了贝克街，可福尔摩斯还没有回来。房东太太说，他早上八点左右就出去了。尽管这样，我还是在壁炉旁坐了下来，耐心地等他回来。因为我对这件事非常有兴趣了——虽然它没有我记录过的两件案子那么残忍与不可想象，可它的性质和其委托人的身份，使它特别起来——此外，福尔摩斯敏锐的观察力和严密精确的推理，以及他办事的速度和方法都让我很有兴趣去研究。他的成功对我来说，已是司空见惯了，所以，我从没想过他可能会失败。

快到四点时，门开了，一个酒气冲天的马夫闪了进来，他满是络腮胡子的脸涨得通红，一身衣服破破烂烂。尽管我早已熟知福尔摩斯神奇的化装术，但还是在再三打量后，才确定是他。他向我点了个头后就到卧室去了。过了五分钟，他出来了，像平常一样身穿花呢衣服，风度翩翩，他把手插在口袋里，然后在壁炉前站直了，尽情地大笑起来。

“哈哈哈，这是真的吗？！”他嚷着，突然呛住了，接着又大笑起来，一直笑到四肢无力地瘫倒在椅子上。

“到底怎么了？”

“太有意思了！你绝对猜不出我一上午干了些什么，或者忙出了什么结果。”

“我猜不出来，我想你可能在观察安娜·阿德勒的住所和她的生活习惯吧。”

“是这样，可结局却很不一样，我会告诉你全部经过的。今早八点多，我就装扮成一个失业的马车夫离开了这里。马车夫中间有种令人神往的同情心和默契，一旦你成了他们的一分子，你就能打听到你想知道的一切。我很快就找到了普里奥尼大院，那是幢非常别致的两层楼的小别墅，后面有一个花园，前面就是马路，门上一把洽伯锁，右边是装修华丽、宽敞明亮的客厅，高大的窗户几乎落到地面，窗闩连小孩都能打开。除了能够得到过道窗户的马车房顶外，后面就没什么值得特别注意的了。我仔细察看了房子的四周，没发现什么有价值的东西。

“接着，我沿着街道走，在靠近花园一侧的小巷里，我发现了一排马房。我帮那里的马车夫梳洗马匹，作为报酬，他们给了我两个便士，一杯鸡尾酒和两烟斗烟丝。并且告诉我很多关于阿德勒小姐的事情。此外，他们还给我讲了附近其他六七个人的事情，因为我不感兴趣，所以没认真听，可又不得不耐心听完。”

“安娜·阿德勒的情况怎样？”我问。

“啊，那一带的男人全被她的美丽迷倒了。在赛彭泰恩大街的马房，她是公认的世上最美的女人。她过着平静的生活：每天早上五点出去，到音乐会上演唱，晚上七点回家吃饭。除了去演唱，她平时很少出去。她只和一个男人来往，而且关系亲密。那个男人皮肤黝黑，长相英俊，有朝气。他每天至少来看她一次，一般是两次。他叫戈德弗雷·诺顿。你知道作为心腹车夫的好处吗？为他赶车，从赛彭泰恩大街送他回家，知道他很多事。听他们说完后，我又在普里奥尼大院附近徘徊，考虑下一步的行动方案。

“这个戈德弗雷·诺顿很关键，他是一位律师，这有点麻烦。他们究竟什么关系，他为什么经常去看她？她是他的委托人、朋友还是情人？如果是委托人，那么相片有可能交给他了；如果是情人，那相片就不会给他。这个问题要解决了，我就能决定是继续调查普里奥尼大院，还是调查那位先生在坦普尔的住处。这是个马虎不得的问题，要不就会扩大我的调查范围。你对这些小事不耐烦了吗？如果你想了解清楚，我就必须把我碰到的难题告诉你。”

“我在认真听着呢。”我说。

“就在我为此琢磨的时候，正好有辆双轮马车进了普里奥尼大院，车上跳下位年轻绅士，皮肤黑黑的，鹰钩鼻子，小胡子，显然就是那位律师。他好像很急，一边大叫让车夫在门外等他，一边和给他开门的女仆擦身而过，好像到自己家一样。

“他在屋里待了大概半个小时，通过客厅的窗户，我看见他在来回走动，非常激动地边说边挥舞手臂。但是，我没有看到那个女人。半个小时后，他出来了，看起来比刚才还要急。他上车时掏出金表看了看，急急地说：‘快，快点！先到摄政街格路士·汉基旅馆，再到艾奇维尔路的圣牧尼柯教堂。你要能在二十分钟内赶到，我付给你半个畿尼。’

“他们很快就不见了。我正在想该不该去跟踪的时候，小巷里又来了辆十分漂亮的小马车。马车夫的上衣纽扣只扣了一半，领带也歪了，马具上的金属箍头都从带扣中突了出来。车还没停稳呢，一个女人就从屋里跑了出来，一头钻进车厢。刹那间，我看到她了，她确实是绝色美女，她的美貌倾国倾城。

“‘约翰，去圣牧尼柯教堂！’她大声说，‘要是你在二十分钟内赶到，我赏你半镑金币。’

“华生，这真是天赐良机啊，我正想追上去的时候，一辆出租马车恰巧经过。马车夫还在打量我的寒酸相呢，我没等他开口，就跳上了车。‘圣牧尼柯教堂，’我说，‘你要能在20分钟内赶到，我给你半镑金币。’当时是十一点三十五分，下面即将发生什么，我心里很清楚。

“车跑得很快，我从来没坐过这么快的车，可那两辆马车还是比我先赶到教堂。当我赶到的时候，他们的车早就停在那里了。拉车的马在大口大口地喘气。我付了车费，急急忙忙地跑进教堂。教堂里除了我跟踪的两个人，就只有穿白色法衣的牧师了。他们围在圣坛前，牧师好像在跟他俩说着什么。我装作是偶尔到教堂的流浪汉。我正沿着旁边的通道向前走，圣坛前的三个人突然转过头来看着我。戈德弗雷·诺顿先生急忙向我跑来。

“‘上帝保佑！’他大声喊道，‘你来得太好了，来，来吧！’

“来干什么？

“‘老兄快来，只耽误你三分钟，要不，我们就不合法了。’牧师说。

“他半拖半拽地把我拉上了圣坛。我还不明白自己站哪儿呢，就对他在我耳边的恳求作了答复，为我一无所知的事情作了证。说明白点，就是帮未婚女子安娜·阿德勒和单身汉戈德弗雷·诺顿结合在一起。所有这些事一眨眼就完成了。接下来是律师和那位女人对我表示感谢，而牧师则站在我对面冲我微笑。我被弄糊涂了，我从未碰到过如此荒唐的事情。这就是我刚才哈哈大笑的原因，我一想起就好笑。他们想结婚，但又不合乎规矩，因为没有任何证人，牧师拒绝为他们证婚。幸好我来了，了解他们的困难，要不新郎得到大街上去找证人。对了，新娘高兴得赏给我一镑金币，我想把它系在表链上，作个纪念。”

“结局的确出乎我的意料，”我说，“那后来呢？”

“唉，我觉得我的计划要失败了。他们看来可能会马上离开伦敦，所以，我必须采取迅速有效的行动。他们在教堂门口分开了，男的坐车回坦普尔，女的回到了她自己的住处。‘我五点钟还和平时一样去公园。’临走时，她对律师说。接着他们就朝不同的方向分头走了，我也离开那里另作打算。”

“你想怎么办？”

“几块卤牛肉和一杯啤酒。”他按响了电铃，“我忙得连饭都没吃，今晚会更忙。对了，华生，我需要你的配合。”

“那太好了。”

“你不怕违法吗？”

“不怕。”

“也不怕万一被捕吗？”

“为了一个崇高的目的，我不怕。”

“对，这目的是崇高。”

“一切都听你的了。”

“我就知道你能帮我。”

“你打算怎么办呢？”

“等哈德森太太把饭端来我再跟你说。不过现在，”他一副很饿的样子，一边转向房东太太端来的简单食品，一边说，“时间不多了，我边吃边说吧。我们时间不多了，现在快五点了，我们必须在两小时内赶到行动地点。安娜小姐，不，是诺顿太太，七点钟回到家。我们必须在普里奥尼大院和她碰面。”

“然后呢？”

“这以后的事我来办。我已经准备好了怎样去应付将要发生的事，我先提醒你，无论发生什么事，你都别插手，明白吗？”

“难道我什么事都不用做吗？”

“什么事也别做，可能会有一些麻烦，你千万别插手，我会被抬进屋子，可能在五分钟后，会有人把卧室的窗户打开，你守在窗子旁边就是了。”

“好。”

“你得盯着我，我会让你看见我的。”

“好的。”

“我一举起手——就像这样子——你就把我给你的东西扔进来，并且大喊‘着火了’，你记住了吗？”

“记住了。”

“那就好了，”他说着，从口袋里掏出雪茄一样的一根卷筒，“这是烟火筒，管道工用的，两头有盖，可以自燃。你的任务就是用好这个东西。你喊‘着火了’后，肯定会有很多人来救火，你就趁乱跑到大街的那一头，我十分钟后会和你会合。你已经完全明白我的意思了吗？”

“我一直做个旁观者，紧挨窗户，盯着你，见到你举手就把烟火筒扔进去，并且大喊‘着火了’，然后到街头去等你。”

“对，就是这样。”

“那你就等着瞧吧。”

“好了，我得去扮演新的角色了。”

他进了卧室，没几分钟，中年牧师出来了，他头戴一顶宽檐黑礼帽，打着洁白领带，裤子宽松直挺，脸上堆满微笑、仁慈，显得和蔼可亲，只有著名的喜剧演员约翰·海尔才能装得那么像——福尔摩斯不仅仅是换衣服，他的神情、态度以及灵魂都发生了改变。他成为侦破专家后，舞台上就失去了一位出色的演员，科学界也因此而少了一位科学家。

我们在六点一刻离开了贝克街。到达赛彭泰恩大街时，七点还差十分钟。天快黑了，街灯已经亮起来了，我们在普里奥尼大院外徘徊着。这所房子和福尔摩斯描述的一模一样，但不像我想象得那么安静，相反，和安静的邻近的街区相比，它十分的热闹。街头拐弯处，一群衣衫褴褛的人在吸烟说笑，旁边有一个人用脚踏磨轮磨剪刀，两个警察在和保姆调情，还有几个年轻人，衣着时髦，叼着雪茄，一副吊儿郎当的样子。

我们在房子前面徘徊时，福尔摩斯说：“你看，他们一结婚，事情就简单了。那张相片成了一柄双刃剑，我们的委托人怕它让公主看见，而安娜也怕相片被她丈夫看见。眼下的问题是，我们到哪里才能找到相片。”

“是啊，到哪儿找呢？”

“她肯定没带在身上，那张相片有六英寸长，女人的衣服里藏不了的，而且国王派人搜查过两次，她早就提防了，所以我想她不会随身带着的。”

“那会在哪里呢？”

“有两种可能，在银行或者在律师手上，可我又觉得，这又不大可能，因为女性天生就爱保密。她们喜欢亲自把东西藏起来。她们信任自己的守护能力，所以不会把相片交给别人保藏。但是，对一个很精明的女人，这就不一定了。

“再说，别忘了，她这几天还想利用这张相片，所以，相片一定藏在她随手能拿到的地方，一定在她屋里。”

“但房子已经搜了两次了。”

“那是他们不知道怎么去找。”

“你知道怎么找？”

“根本不用我找？”

“那怎么回事？”

“我要让她亲手指给我看。”

“不可能。”

“她肯定会的，我听见马车声了，是她的车，你要记住，一定要按我说的去做。”

正说着，马车车灯射出的灯光在街道拐角处出现了。一会儿，一辆漂亮的小马车向普里奥尼大院驶过来。马车还没停稳呢，不知从哪个角落冲出一个流浪汉，他想去开车门赚一两个赏钱，另一个有同样想法的流浪汉用肘把他挡开了，他们争吵起来，那两个警察支持其中的一个流浪汉，而磨剪刀的站在另一个流浪汉那边。

两边越吵越凶，突然，有人动手了。刚从车上下来的夫人被这群乱糟糟的人给包围了。那些人满脸通红地打起来了。福尔摩斯猛然冲进人群去保护那位夫人。可是，刚挤到她身边，福尔摩斯大叫一声，满脸是血地倒在地上，打架的人一看有人受伤了，一下子就拔腿溜掉了。这时，几个衣着整洁、看热闹的人靠了过来，照料受伤的福尔摩斯。安娜·阿德勒——我愿意这么称呼她——急忙跑上了台阶，在台阶顶端，她突然站住了，大厅的灯光勾勒出她美妙的身影，她回头望着街上。

“那可怜的先生伤得重吗？”

“他死了。”有几个人喊道。

“不，他还有气！”又有个人大叫，“可是，恐怕还没送到医院，他就会断气。”

“他是个勇敢的人，”一个女人说，“要没有他，那伙流氓早抢掉那位夫人的钱包和表了。他们是一伙的，非常粗暴野蛮的一伙。啊，他现在能呼吸了。”

“不能让他躺在街上，夫人，我们把他抬到你家里去行吗？”

“当然行。把他抬到客厅的沙发上吧，他会舒服点的。请跟我来吧。”

大家小心翼翼地把他抬进夫人家里，把他放到了客厅的沙发上，灯早就点亮了，窗帘没拉上，我紧挨窗户站着，看着事情的发展。我不知道当时福尔摩斯在想些什么。反正，我不能把福尔摩斯交给我的事丢在一边，那样太卑鄙了。我狠了狠心，从风衣里拿出烟火筒——我们并不想伤害她，只是阻止她去伤害别人而已。

福尔摩斯半躺在沙发上，奄奄一息，好像很需要空气的样子，一个女仆赶忙把窗户打开。就在这一刹那，我看见他举起了手。我一见到这个信号，立刻把烟火筒扔进客厅，并大声喊了起来：“着火了!”喊声刚落,所有看热闹的人——绅士、马车夫和流浪汉们——都齐声高呼:“救火啊!”客厅里浓烟滚滚,并从打开着的窗户往外冒。我瞥见有一个身影在匆匆跑动。过了一会儿，我听见福尔摩斯在安慰大家，说只是一场虚惊。我悄悄穿过慌乱的人群，朝街道拐角处走去，不到十分钟，福尔摩斯令我兴奋万分地出现了。他拉着我的胳膊，我们一起逃离了慌乱的现场。他一声不吭，急冲冲地走着，直到通往艾奇维尔路，他才开口。

“华生，你干得真漂亮。”他说，“简直再好不过了，一切顺利。”

“你拿到相片了吗？”

“没有，但我知道它在哪儿。”

“你怎么知道的？”

“我不是跟你说过吗，她指给我看的。”

“我还是不明白。”

“事情并不神秘，”他笑着说，“很简单，你应该看出来了，街上的每个人都是我们的同党。他们是我雇来演刚才那出戏的。”

“我看出来了。”

“他们扭打起来的时候，我手里拿着一块湿润的红颜料。我冲进去，故意摔倒在地，然后把颜料捂在脸上，别人就以为出血了。这是我的老把戏。”

“这个我也看出来了。”

“接下来，他们把我抬进屋，她一定会让我进屋的，在那种情况下，她只有让我进屋才行。而且让我躺在客厅，这正是我想的。那张相片要没放在客厅里，那就在卧室，我想知道它到底在哪儿。我躺在沙发上，做出需要空气的样子，他们只好打开窗户，于是，你就可以下手了。”

“这样做有什么用呢？”

“太有用了。一个女人发现房子着火后，她就会抢救她认为最珍贵的东西。这是人的本能，我已经不是第一次利用它了。在达林顿冒名顶替案中我用过，艾恩维斯城堡案中也用过。结过婚的女人首先抱出的是她的孩子，未婚女子会赶紧抓住首饰盒。我很清楚，在那屋子里，对于那位夫人来说，最珍贵的当然是那张相片。你那火警弄得太妙了，滚滚浓烟和人们慌乱的呼叫简直就是真的着了火一样。相片藏在右边门铃拉绳上方一块嵌板的后面，那块嵌板是可以移动的。她马上冲到那里，并且抽出一半，我看见了。当我说这是一场虚惊后，她又把相片放了回去。她看了一眼喷烟器后，就跑了出去。此后，我就没看见她。我站了起来，找了个借口溜出来了。本来我想把相片偷出来的，但一个马车夫走了进来，他紧盯着我，我怕一着不慎全盘皆输，所以决定等一个好时机再动手。”

“现在该怎么办呢？”我问。

“我们的调查到这里已经结束了。明天我和国王到她家去拜访，你要想去的话，我们一起去。到时会有人把我们引进客厅等候夫人的，可等她出来的时候，我们已拿着相片走了。国王肯定会为能亲手拿回相片而倍感高兴。”

“我们什么时候去拜访呢？”

“明早八点，那时她还没有起床，我们就有机会下手了。另外，我们得赶快行动。她结婚以后，生活习惯可能会有所改变。我马上给陛下发电报。”

发完电报，我们回到了贝克街。当福尔摩斯掏钥匙准备开门时，街上有个过路的人向他打招呼：“夏洛克·福尔摩斯先生，晚安！”

大街上有好几个人，同他打招呼的，好像是一个穿长外套的瘦高个年轻人。

“这声音有点熟悉，”福尔摩斯说，“可我记不起是谁。”

那天晚上，我是在贝克街过的夜。第二天早晨，我们正在吃早餐，波希米亚国王突然闯了进来。

“你真的把相片拿回来了？”他抓住福尔摩斯的双肩，急切地大声嚷着。

“还没有。”

“但是，你有拿回的把握吗？”

“有把握。”

“那就走吧，我等不及了。”

“我们得雇一辆马车。”

“不用了，我的马车在外面等着呢！”

“那太好了。”

我们下了楼，向普里奥尼大院赶去。

“安娜·阿德勒结婚了。”福尔摩斯说。

“结婚？！什么时候？”

“昨天。”

“跟谁？”

“一个叫戈德弗雷·诺顿的律师。”

“她不会爱他的。”

“我倒希望她爱他。”

“为什么？”

“如果安娜爱他，陛下就不用担心有麻烦了。她爱她的丈夫就不会爱陛下了，不爱陛下，就不会干涉你的生活了。”

“这也是，不过——唉，要是她的身份和我一样该有多好！那她将是一位了不起的王后。”国王说完这些，就陷入了沉思中。我们到赛彭泰恩大街了，他还是一言不发。

普里奥尼大院的大门开着，一位上了年纪的女仆在门前的台阶上站着。她不屑地看着我们从马车上下来。

“请问谁是福尔摩斯先生？”

"我就是。"我的朋友吃惊地看着她说。

"你果然来了。我主人告诉我说你今天会来拜访的，让我在这儿等着你，她一大早乘五点一刻的火车去查林克洛恩了。她要从那里去欧洲大陆。"

"什么！"福尔摩斯被这个意外的消息吓了一大跳，"你是说她已经离开英国了吗？"

"她再也不会回来了。"

"那张相片呢？"国王绝望地说，"这下全完了！"

"我去看一下。"福尔摩斯冲进客厅，我和国王也跟着跑了进去。屋里的家具凌乱不堪——拆散的架子，拉开的抽屉，显然女主人在出走前翻过一遍。福尔摩斯直奔门铃的拉绳处，猛然掀开一块能移动的板子，把手伸了进去，从里面掏出一张相片和一封信。相片是身穿晚装的安娜·阿德勒一个人的，信封上写着："夏洛克·福尔摩斯先生亲启。"福尔摩斯一把把信拆开，我们三人围着看了起来，信是今天凌晨写的，信里这样写道：

亲爱的夏洛克·福尔摩斯先生：

您确实干得很漂亮，火警出现前我上了您的当，我一点儿都没怀疑您。可后来，当我发现我的秘密已经暴露之后，我就开始怀疑了。几个月前就有人提醒我要提防您。他们说国王要是雇侦探的话，那肯定是您，而且他们还把您的地址给了我。即使这样，您还是知道了我的秘密。即使当我产生怀疑时，我还是有点顾虑，我不相信那么一位上了年纪、和蔼可亲的牧师会有什么恶意。我想，您应该知道我是一个受过训练的女演员，我经常女扮男装。我让马车夫约翰去监视您，然后上楼，换上男装。正好您离开的时候，我下了楼。

我一直跟着您到您家门口，那时，我才证实我成了著名的福尔摩斯侦探的行动目标。我冒失地向你道了个晚安后，就去找我的丈夫去了。

我们两个都认为被这么一位侦探盯着，最好的摆脱办法是逃走。因此，您到这里的时候房子是空的。说到那张相片，请您的委托人放心，我已经爱上一位比他好的人，而这个人也爱我。国王想做什么就做什么吧，不用担心他曾经伤害过的人会妨碍他。那张相片我会留着，这只不过是为了保护我自己。它是防护武器，以免他将来用什么手段来伤害我。我留给他一张我的相片，或许他愿意收藏。最后，谨向亲爱的夏洛克·福尔摩斯先生致意。

您诚挚的 安娜·阿德勒

"多了不起的女人——多了不起啊！"我们三人看完信后，国王喊了起来，"我不是跟你们说过，她是个机智、果断的女人吗？我不是说过她可以成为一位了不起的王后吗？真可惜她的身份和我不一样！"

"她确实和陛下不一样。"福尔摩斯冷冷地说，"我很遗憾没能把事情做得更漂亮些。"

"不，亲爱的福尔摩斯，刚好相反，"国王说，"没有比这更漂亮的结局了，她会说话算数的，那张相片现在就像烧掉一样没事了。"

"陛下这么说，我很高兴。"

"我非常感谢你，请告诉我，我该怎样酬谢你，这只戒指……"他从手指上取下一枚蛇形翡翠戒指递给福尔摩斯。

"陛下，我想有一件东西比这更珍贵。"福尔摩斯说。

"你说吧，我给你。"

"这张相片。"

国王听后吃了一惊。

"安娜的相片。"他说，"如果你真想要，当然可以。"

"那就谢谢您了，陛下，这件事全都了结了，我仅向您告辞。"福尔摩斯给国王鞠了一躬，对国王伸过来的手理都不理，转身就和我走了。

这就是波希米亚国王受到一桩丑闻的威胁，而福尔摩斯的计划被一个女人挫败的全部经过。福尔摩斯以前老是对女人的才智嗤之以鼻，此后，他再也没有嘲笑过女人了。当他提到安娜·阿德勒或那张相片时，总是尊敬地称她为"那位女士"。

红发会

记得去年秋季的一天，我去探望福尔摩斯，不想正好赶上他正在和一位身材矮胖、面色红润、头发火红的老先生深深地交谈。我为自己的唐突造访表达了歉意，转身就要退出，想不到福尔摩斯随手将我又拉了回来，并把门也关上了。

“亲爱的华生，你来得正是时候。”他亲切地说道。

“可是你正忙着。”

“不错，并且很忙。”

“那我到隔壁房间等你。”

“没那个必要。威尔逊先生，这位先生是我的伙伴和帮手，帮助我成功处理过许许多多案件。我毫不怀疑他对你的案子也会带来最大的帮助。”

那位矮胖的先生从椅子上半站起身来向我点头致意，高度近视的小眼睛里闪过一丝质疑的神色。

“请在那套长沙发坐吧，”福尔摩斯说着，重新坐回了扶手椅中，双手手指撑在一起，这是他沉思时的习惯。“亲爱的华生，我就知道你和我一样不喜欢循规蹈矩、单调无聊，而喜欢追猎新奇，可以看出就是这种热情驱策着你记录这些东西。如果你不介意的话，我要说，你的记录多少美化了我许多微不足道的冒险经历。”

“你经手的案件的确深深地吸引着我。”我说道。

“你应该记得，那天我们谈到玛丽·萨瑟兰小姐所提的那个很简单的问题之前，我所说的那句话吧——为收到新奇的效果和非凡的合作，我们必须深入生活，这句话本身就比任何想象更大胆。”

“对此我还冒昧地提出了质疑。”

“那时你是提出了质疑，医生。但你依然要同意我的观点，否则我还能向你堆列事实，直到你承认我是对的。我们这位杰贝兹·威尔逊先生真是太好啦！他今天上午来此，向我讲述的事件可算得上我最近听到的最奇特的事件之一了。我以前说过，与最奇特的案件相关联的罪行往往不是很大，甚至有时候不能肯定是否真的有人犯了罪。就我目前听到的这些来说，我尚不能断定这是否是一桩罪案，而事件过程则是我听到过的最为离奇的一件了。威尔逊先生，麻烦您再重头讲述一遍您的故事，这样做不仅是因为华生医生没有听到开头那一部分，还因为这个案件很特殊，我想从你嘴中得到任何可能相关的细节。习惯上，当我听到一些能够预示事件整个过程的小细节时，我会通过几千个我能想到的相似案件来引导自己。而我不得不承认，这个案子是很独特的。”

那位矮胖的当事人有点骄傲地挺起胸膛，从大衣里面口袋里掏出一张脏兮兮皱巴巴的报纸，在膝盖上展平，低下头去查看广告栏，我趁此仔细打量了一下这个人，竭力模仿着我朋友的方法，以图从他的穿着或外表上看出点名堂来。但我观察后的收获并不大。

从各方面来看这位客人就是个普通的英国商人。肥肥胖胖，有点自负，行动迟缓。穿着一条非常肥大的灰格裤子和一件不太干净的黑色燕尾服，前面的扣子没有系上，露出里面的褐色背心，背心上系着一条粗重的阿尔伯特铜链，还挂着一个中间有个方孔的金属片做装饰品，来回地晃荡着，他旁边的椅子上放着一顶磨损了的礼帽和一件褪了色的棕色大衣，大衣的线绒领子皱巴巴的。在我看来，总体上，这个男人除了一头火红色的头发、面上带着特别恼怒和不满的表情外，没有什么特别的地方。

夏洛克·福尔摩斯目光敏锐，看出了我在注意什么，面对我疑问的眼光，他面带微笑，摇了摇头。“他曾经干过体力活，抽鼻烟，是个共济会员，曾去过中国，最近写过大量的东西。除了这些显而易见的事实外，我也推断不出什么。”

杰贝兹·威尔逊先生猛地坐直了身子，食指还压着报纸，但眼睛已转过来看向我的同伴，问道：“我的天！福尔摩斯先生，您是怎么知道这些的？比方说，你怎么知道我干过体力活？这是千真万确的，我最初就是在船上做木匠的。”

“亲爱的先生，看你的双手，右手明显比左手大多了。你常用这只手干活，所以肌肉更为发达。”

“那怎么知道我抽鼻烟？是共济会员呢？”

“要告诉你我是怎么看出来的简直就是小看你的智商，何况你还不顾你们的团体的严格规定，带了一个弓形指南针模样的别针呢。”

“噢，是的。我忘了这些了。可是写作呢？”

“你右臂袖子上足有五寸长的地方磨得发亮，而左臂袖子靠近手腕经常贴在桌面上的地方打了个整洁的补丁，还有比这更能说明问题的吗？”

“有道理，那怎么知道我去过中国呢？”

“你右手手腕上边一点所纹的鱼样文身只能是在中国做的。我对文身做过一点点研究，还写过这方面的文章。用典雅的粉红色为鱼鳞着色，这是中国的独有技法，并且我看到你表链上挂着一枚中国的制钱，这就更容易猜了。”

杰贝兹·威尔逊大声笑了起来，说：“厉害！这些我怎么也想不到！我本来以为你简直是神机妙算，但说穿了也就没什么奥妙了。”福尔摩斯说，“华生，我现在觉得真不应该解释这些。俗话说得好，要‘大智若愚’，你知道，我名气本来就不怎么样，太实诚会身败名裂的。你还能找到那则广告吗，威尔逊先生？”

“我已经找到了，”他用他那又粗又红的手指头指在广告栏中间偏下一点，回答道，“就在这里，这就是整件事的起因。你自己读一下吧，先生。”

我从他手里接过报纸，读道：

“红发会：

因伊齐基亚·霍普金斯去世（此人系黎巴嫩人，原居美国宾夕法尼亚州），现遗有一空职，薪金每周四英镑，只需挂名，无实际工作。凡红发会会员，身心健康，年满21岁者均有资格申请，有意者请于周一上午十一时亲至舰队街、教皇院七号红发会办公室邓肯·罗斯处提交申请。”

“这究竟什么意思？”我读了两遍这则不同寻常的广告后，问道。

福尔摩斯轻声笑了起来，身子坐在椅子上不住地扭动，他高兴起来总是这样。他说：“这则广告有点不同寻常，是不是？哦，威尔逊先生，你现在就痛痛快快地把关于你自己的一切，以及和你同住的人，还有这个广告给了你的好处，统统讲出来吧。医生，你先把报纸的名称和日期记下来。”

“是1890年4月27日的《纪事早报》，正好是两个月以前的。”

“很好。那么，威尔逊先生？”

“夏洛克·福尔摩斯先生，就是我刚才给您讲的，”杰贝兹用手擦了擦额头说，“我在市区附近的科伯格广场开了个小当铺，买卖不大，近几年靠它我仅能维持生计。以前还能养上两个伙计，但现在只养得起一个了。即便这样，要不是他乐意为学做这个生意只拿一半工钱，我也用不起他。”

“这位义务做工的年轻人叫什么名字？”

“文森特·斯伯丁，他也不年轻了，不过我说不上他的具体年龄。福尔摩斯先生，这伙计再精明不过了，我很清楚他到别处能赚到比我付给他多一倍的工钱，从而生活得更好。可是，毕竟他乐意如此，我又何必再给他乱出主意呢？”

“哦，真的吗？你能以低于市价的工钱雇到人，真是太幸运了。像你这年纪的雇主可不大容易碰到这种事。我不知道你的伙计是否真像你广告里说的那么出色。”

“他也有他的毛病，”威尔逊先生说，“他比任何人都喜欢照相，在需要学能耐的时候还是抱着照相机到处照，然后就像兔子钻洞一样一头扎到地下室去冲洗他的照片。这是他最大的毛病，不过总的来说，他还是个不错的工人，没有什么坏心眼。”

“我猜他现在还和你住在一起吧。”

“是的，先生，我们住在一起，还有一个14岁的小女孩，帮着做点简单的饭菜，清理清理卫生。我们就这些人，我单身，还没成家。我们三人一起过得很清静，要是没特殊事情，我们是有屋一起住，有账一起还。”

“扰乱我们生活的头一件事就是那则广告。就在八周前的今天，斯伯丁手里拿着这张报纸走进办公室，说：‘威尔逊先生，我多么希望上帝让我变成一个红头发的人啊。’“我问：‘为什么？’‘为什么，’他说，‘红发会现在又有了一个空职，谁要是得到这个职位，谁就发了大财。据我所知，空职比求职者还多，那些受托理事们都不知道怎么处理这些钱了。只要我的头发能变成红色，这个很好的安乐窝就等我去了。’”

“‘那到底是怎么回事呢？’我问他。你知道，福尔摩斯先生，我是个足不出户的人，我的买卖都是送上门来的，不用出去揽生意，因此我经常几周不踏出大门一步。所以我对外界孤陋寡闻，听到点消息总是很高兴。”

“‘你从没听说过红发会吗？’他瞪大双眼，问我。”

“‘从没听过。’我说。”

“‘怎么会呢，我真不明白，因为你自己就有资格申请这个空职。’他说。”

“‘都有什么好处呢？’我问他。”

“‘虽说一年只有二百镑，可工作很清闲，根本就不耽误再有第二职业。’他说”

“唉，你们不难想象，这真的让我很感兴趣。好几年了，我的买卖一直不怎么好。每年要有二百镑的额外收入，手头就宽松了。”

“‘给我详细说说，’我对他说。”

“‘哦，’他指着广告对我说，‘你自己可以看，红发会现在有个空缺，你要办理申请，这上面有地址。据我所知，红发会由一个名叫伊齐基亚·霍普金斯的美国百万富翁出资筹建。这个人特立独行。他的头发是红色的，对所有红头发的人也有着深厚的感情；他去世后人们才知道，他巨大的财产交由受托理事们处理，遗嘱中还说用他遗产的利息为红头发的人设个轻松的差事。所有人都说，这差事报酬很丰厚，可工作很清闲。’”

“‘可是，’我说，‘会有数以百万计的红头发男子去申请的。’”

“‘没有想象的那么多，’他回答道，‘你瞧，这实际上只限伦敦人，而且是成年人。这个美国人年轻的时候是在伦敦发迹的，因此他想好好回报一下这个古老的城市。并且，我还听说，如果头发是浅红、深红或者其他任何颜色，只要不是真正发亮的火红色，申请也白搭。哦，威尔逊先生，如果你想申请的话，你会直接入选的。不过，只为这几百镑钱这么麻烦，也许一点也不值。’”

“先生们，正如你们看到的一样，实际上我头发的红色就很正，因此在我看来，就此事进行竞争，我比任何人都有竞争力。文森特·斯伯丁看来对这事很了解，因此我觉得他对我帮助会很大。于是，我让他关好百叶窗，马上跟我一起出发。他也乐得有个假期，因此我们关了买卖，按照广告上登的地址找了过去。”

“福尔摩斯先生，我这辈子再也不想看到那种情景了。来自四面八方的人，只要头发有一丝红色都涌到这个城市，来应征这个广告。舰队街挤满了红头发的人，主教院看上去就像是卖水果的小贩那堆满橘子的手推车。我真没想到，区区一个广告竟然吸引了全国这么多人。他们头发哪种颜色都有——草黄色，橘红色，砖红色，爱尔兰长毛猎狗那种颜色，干红色，土黄色，等等；可正如斯伯丁所说的一样，纯正而又鲜艳的火红色的倒不是很多。我看到这么多人等着，有点绝望，原本就想放弃算了。可斯伯丁却不听我的，想不到的是，他拖着我连推带搡地挤过人群，径直来到办公室楼梯前面。楼梯上有两股人流，一些满怀希望的人往上去，另一些人则垂头丧气地往下来。我们还是拼命挤了进去，很快来到了办公室。”这位委托人停顿了一下，深深吸了一口鼻烟，清理了一下思路。福尔摩斯插嘴道，“你这段经历真是太有意思了，请你继续讲这段有趣的事吧。”

“办公室里只有几把木椅和一张办公桌，桌后坐着一个小个子，头发比我的还要红。每个申请人来到他面前，他都要说上几句话，然后总能在他们身上挑出毛病，说他们不合格。要得到一个空职终究不是一件容易的事。不过，轮到我们时，他对我明显比对其他人感兴趣。我们进来后，他关上了门，和我们单独交谈。”

“我的伙计说：‘这位是杰贝兹·威尔逊先生，他想填补红发会的空缺。’”

“‘他很适合，’那个人说，‘他符合每项要求，我真想不到还见过比这更好的了。’他往后退了一步，歪着脑袋盯着我的头发，直看到我很不好意思起来，然后他突然冲到我面前，拉住我的手，热情地祝贺我申请成功。”

“‘我本不该再心存犹疑的，不过对不起，我显然还得以防万一。’他嘴里说着却用手抓住我的头发，使劲猛扯，直到我疼得叫了起来才松手，‘你眼泪都出来了，我感觉一切都恰如其分。但我们必须谨慎，我们曾经上过三次当，有两个人是戴假发的，一个是染头发的。我可以讲一下用鞋油染头发的故事，从中你可以看到人性的丑恶。’他走到窗前，高声喊道：‘已经有人补缺了。’下面传来一阵失望的抱怨声，然后人群朝四面八方散开，最后除了我和他之外，再也见不到一个红头发的了。”

“他说：‘我是邓肯·罗斯先生，我自己就领取我们高贵的捐助人所遗留的基金的养老金。威尔逊先生，你结婚了吗？成家了吗？’我告诉他没有。他脸色立即变了，严肃地说：‘天哪，这可相当严重！很遗憾听到这个。基金自然是为维护也为繁衍红发人而设立的。很不幸，你竟然是个单身汉！’”

“听到这些，我真的很沮丧。我当时就想最终我还是得不到这个职位。可他考虑了几分钟后又说没关系了。”

“‘换个人这绝对不行，’他说，‘你头发长得太好了，我们必须特殊对待。你什么时候可以上班？’”

“‘唔，有点不大好办，我已经有自己的买卖了。’我说。”

“文森特·斯伯丁接口道：‘噢，别在意那个，威尔逊先生，我能为你照看买卖。’”

“我问：‘上班时间是——’”

“‘上午十点到下午两点。’”

“福尔摩斯先生，如今当铺的生意大多在晚上做，特别是发薪水前的周四周五晚上；因此在上午多挣几个小钱对我是很合适的。并且我知道我的伙计很不错，有事他能处理好的。”

“于是我说：‘那对我挺适合，薪水呢？’”

“‘每周四英镑。’”

“‘工作都有什么？’”

“‘只是挂个名。’”

“‘挂个名是什么意思？’”

“‘整个办公时间，你必须待在办公室，至少也要在办公楼里。如果离开，就永远失去这个位子。对这点，遗嘱上讲得很清楚。这段时间只要稍微离开一会儿办公室，就是不按条件办事。’”

“‘一天只有四个小时，我是不会离开的。’我回答道。

“邓肯·罗斯先生接着说：‘没有任何借口，不管是得病、有事，什么理由都不成。你必须待在那里，否则就会丢掉你的位子。’”

“‘都干什么活儿呢？’”

“‘抄《大英百科全书》，这是这个版本的第一卷，你要自备墨水、钢笔和吸墨纸，我们提供这套桌椅。明天能来上班吗？’”

“我回答说：‘当然可以。’”

“‘那么，再见，杰贝兹·威尔逊先生。再次对你有幸取得这个重要职位表示祝贺。’他向我鞠了个躬，我就和我的伙计离开那间屋子，回家了。我为自己的好运感到高兴，有点不知所措了。”

“我整天都在琢磨这事，晚上，情绪又低了下来。因为我总觉得整件事就是场大骗局，尽管我摸不清它的目的何在。有人能立下这么一份遗嘱，或者出那么多钱找人做抄写《大英百科全书》这种简单的工作，这一切看起来简直不可思议。文森特·斯伯丁想尽一切办法宽慰我，到了睡觉的时间，我得出结论，不管怎样，我决定第二天去看看，于是我花一便士买了一瓶墨水、一支羽毛笔、七张大页抄写纸，然后动身到教皇院去。”

“令我惊喜的是，一切都很正常。桌子已经布置妥当，邓肯·罗斯先生在那里看着我顺利地开始工作。他让我从首字母为 A 的词条开始抄起，然后就离开了，不过他时不时地回来看我是否进展顺利。下午两点钟，他跟我说再见，还夸赞我抄得多。我走出办公室，他就把门锁上了。”

“福尔摩斯先生，时间就这样一天一天地过去，到了周六，那个经理人进来，付给我四英镑金币作为一周的工作报酬。第二周同样，第三周还是如此。每天上午十点我到那里，下午两点离开。后来邓肯·罗斯先生就逐渐不怎么常来了，一上午就来一次；再后来，他根本就不来了。当然，我还是不敢有一刻离开办公室，因为我不知道他什么时间会来，这职位非常不错，对我也很合适，我不会冒丢掉它的风险。”

“八周就这样过去了，我已经抄过了‘男修道院院长’、‘盔甲’、‘建筑学’、‘雅典人’等词条；并且希望通过自己的勤奋，不久就可以开始抄写首字母为 B 的了。买抄写纸花了我一些钱，我抄写的东西几乎堆满了一个架子。接着，整个事情突然宣告结束。”

“结束？”

“是的，先生。就在今天上午。我像往常一样十点钟去上班，但发现门是关着的，门的嵌板中间用大头钉钉着一张方形小卡片。这就是那张卡片，您可以自己看一下。”

他举起一张便笺纸大小的白色卡片，上面写着：

红发会解散。

1890 年 10 月 9 日

我和夏洛克·福尔摩斯查看了这份简短的告示，看了一眼后面那张充满懊悔的脸，这件事的滑稽可笑使我们忘了一切顾虑，忍不住哈哈大笑起来。

我们当事人的脸刷地涨得通红，大声嚷道："我没看出这事有什么可笑。要是你们不能干点别的而只会取笑我的话，我可以到别处去。"

"不，不，"福尔摩斯大声说道，把要站起身的威尔逊按回椅子，"我真的无论如何都不会错过你的案子。这事太新鲜了，太不同寻常了。但如果您不见怪，我还是要说这事确实有点可笑。请问，您看到门上的卡片后都做了些什么？"

"先生，我当时惊待了，不知道该做什么好了。后来我去周围的一些办公室打听了一下，没人知道是怎么回事。最后我去找房东，他是个会计，住在一楼。我问他能否告诉我红发会发生了什么事，他说从没听说过有这么一个团体。然后我问他邓肯·罗斯先生是什么人，他说这个名字也从没听说过。"

"我说，'就是住四号的那位先生。'"

"'什么？就是那个红头发的人？'"

"'是的。'"

"'噢，他名叫威廉·莫里斯，是个律师，是因为新居没有准备好才来暂住我的房子。他昨天就搬走了。'"

"'我去哪里能找到他呢？'"

"'哦，去他的新办公室，他的确告诉了我他的地址，对了，是爱德华王街十七号，在圣保罗教堂附近。'"

"福尔摩斯先生，我马上就动身去了，可当我找到那个地方时，却发现那只是一个护膝制造厂，那个厂子里也没人听说过有叫威廉·莫里斯或邓肯·罗斯的人。"

福尔摩斯问："你后来又怎么做的呢？"

"我转身朝萨克斯－科伯格广场往家里走去，我采纳了我那伙计的意见，但这根本起不了什么作用。他只会说，如果我能等，总会有信的。可福尔摩斯先生，光有这话可不够。我可不想一点都不努力就丢掉这么一个位置。因此，我一听说你肯为没主意的穷人出主意，我立马就来找你了。”

“你这么做很明智，”福尔摩斯说，“你这个案子极为不同寻常，我很乐意去调查一下。从你跟我说的这些情况看，这事可比一眼看上去的要严重得多。”

杰贝兹·威尔逊先生插嘴说道：“已够严重的啦，要知道我一周就要损失四镑金币呢！”

福尔摩斯接着说：“就你个人来讲，我倒觉得你不该抱怨这个非凡的团体。相反，按我理解，你白白多赚了三十多镑金币，更不用说你抄写首字母为A的词条时学了那么多精准的知识了，这事你根本就没吃亏嘛！”

“是的，先生。可我还是想弄清楚这是怎么回事，他们到底是谁，拿我开涮——如果这是开涮的话——到底为的是什么。对他们来讲开这玩笑代价可实在不低，花了他们得有三十二英镑金币呢。”

“我们会努力帮你把这几点弄清楚的。首先我要问你几个问题，威尔逊先生。这个一开始让你注意这条广告的伙计，跟你多长时间了？”

“那时候差不多有一个月了。”

“他是怎么来的？”

“看广告应征来的。”

“就他一个应聘者吗？”

“不，当时有十几个呢。”

“为什么要选他呢？”

“他很灵巧，索要的薪水也不高。”

“实际上是只要一半的工钱。”

“是的。”

“这位文森特·斯伯丁，什么模样？”

“矮矮胖胖，行动敏捷，尽管不下30岁了，可脸上没有胡子。前额上有一块被硫酸烧伤的白色伤疤。”

福尔摩斯很兴奋，在椅子中挺直了身子，说道：“和我想象的一样，你注意到他双耳上有为戴耳环而扎的耳洞吗？”

“是的，先生。他告诉我说那是他少年时代一个吉卜赛人给他扎的。”

“哼，”福尔摩斯说着又陷入到深深的沉思中，“他现在还跟着你呢？”

“是的，先生，我来这儿之前就和他在一起呢。”

“当铺里你不在的时候有买卖吗？”

“先生，这没什么可以抱怨的，上午从来没有多少生意。”

“就这样吧，威尔逊先生。很高兴，一两天后我就会把我对这事的看法告诉你。今天周六，我想下周一我们就可能得出结论了。”

我们的客人走后，福尔摩斯问我：“华生，总体上你对这事怎么看？”

我坦率地回答说：“我一点头绪也没有，这事实在是太神秘了。”

“一般来说，事情越是古怪，结局往往证明根本就没那么神秘。而那些普普通通毫无特点的案子才真正令人费解。这就和长相普通的人却最难辨认是一样的道理。不过，我真的必须马上采取行动来处理这件事了。”

我问他：“你打算怎么办呢？”

他回答说：“抽烟，这是一个要抽三袋烟才能解决的问题。请你五十分钟之内不要跟我讲话。”

接着，他在椅子上蜷起了身子，瘦削的膝盖几乎顶到了他的鹰钩鼻子，闭上了双眼，嘴上叼着的黑色陶制烟斗向前突着，很像某种奇异鸟类的喙。起先我觉得他应该是睡着了，于是我也打起了瞌睡。后来他忽然从椅子里猛地站起，一副下定决心的样子，随后把烟斗放在壁炉台上。

“今天下午，萨拉沙特在圣詹姆士会堂有演出。你去不去看，华生？你的病人们能给你几个小时休息吗？”

“我今天没什么事，我的工作从来就不是那么一刻都离不开的。”

“那就带上帽子随我走吧，我们得先经过市区，路上可以顺便吃点午餐。我发现节目单上德国音乐不少，比起意大利或法国音乐，这些更适合我的口味。德国音乐引人深思，我现在正需要思考。走吧！"

我们乘地铁一直坐到奥尔德斯盖特，又走了一段路就到了萨克斯－科伯格广场，上午听到的那个奇特故事就发生在这里。这地方狭窄拥挤却又显得虚摆场面，一道铁栅栏围墙里面有四排灰暗的两层砖房，院里的草坪上杂草丛生，几丛叶子枯萎的桂树在这熏烟缭绕格格不入的环境里顽强生长着。街角的那座房子上有一块棕色的木板和三个镀金的圆球，上面刻着"杰贝兹·威尔逊"这几个白色的字，说明这就是我们那位红头发的委托人开买卖的地方。夏洛克·福尔摩斯在那房子前面停了下来，歪着脑袋细细查看了一遍，布满皱纹的眼皮下面双眼炯炯发光。他随后沿街走了上去，然后又回到街角，再次仔细查看那些房子，用手杖在人行道上使劲敲打了两三下，最后走到当铺门口，敲了敲门。很快，一个看上去很精明、脸上刮得干干净净的小伙子为他开了门，请他进去。

福尔摩斯冲他说："劳驾，我只想问一下，从这里到斯特兰德怎么走？"

"第三个路口右拐，然后在第四个路口右拐。"那个伙计快速地回答完，随后关上了门。

然后我们离开那里，福尔摩斯边走边说："很机灵的一个小伙子，照我判断，算得上伦敦第四精明的人，胆量我觉得也差不多数得上第三。以前我对他有些了解。"

我顺着往下说道："显然，威尔逊先生的伙计在红发会神秘事件中起了很大作用。我相信你问路不过是为了看看他罢了。"

"看的不是他。"

"那是什么？"

"看他裤子的双膝。"

"看到什么了？"

"看到我想看到的了。"

"你为什么要敲打人行道呢？"

“亲爱的医生，现在要做的应该是观察而不是讨论。我们正在敌区暗查，现已了解了萨克斯－科伯格广场的情况，然后该看看后面那些地方了。”

我们转过街角，眼前这条街呈现出与萨克斯－科伯格广场截然不同的景象，就像一张蜡画从反面翻到了正面一样。这是一条市区通向西北的交通干道，街上挤满了来来往往的买卖人，人行道上满是黑压压的行人。我们望着这排华丽堂皇的店铺商社，简直难以相信这是和我们刚离开的死气沉沉的广场紧挨在一起的。

福尔摩斯站在街角望着这排房子，说：“让我想想，我得记住这些房子的顺序，我喜欢准确地了解伦敦。这边有莫蒂莫商店、烟草店、报刊小店、市郊银行科伯格支行，还有素食餐馆和麦克法兰马车制作作坊，再往前就是下个街区了。好了，医生，我们的事情做完了，该休息一会儿了。吃点三明治，喝杯咖啡，然后就去萨拉沙特的小提琴演奏会，那里所有的音乐都很悦耳动听，并且没有什么红头发的委托人拿什么谜题来烦我们。”

我的朋友对音乐非常喜爱，他本人不仅乐曲演奏技艺不错，曲子做得也挺好。整个下午他都高兴地坐在演奏厅里，随着节拍轻轻地挥动着他那细长的手指，脸上带着微笑，目光悠闲柔和，现在这双眼睛一点也不像福尔摩斯的，我熟悉的福尔摩斯就像只猎犬，是个铁面无私、机智敏锐、蓄势待发的侦探。他古怪的双重性格交替着显露出来，一方面如我所熟悉的那样，极其精干敏捷，另一方面是当前深思中表现出来的诗意，形成了鲜明的对照。他的性格就是两个极端，时而无精打采，时而精力充沛。可我清楚地知道，他最厉害的就是这接连几天坐在扶手椅里冥思苦想的时候。他可能会突然涌上一股强烈的追捕欲望，而此时他杰出的推理能力会升华成一种直觉，以至于那些不了解他手法的人会怀疑他的知识非比凡人。那天下午，我看着他完全沉醉于圣詹姆士大厅的音乐中，就知道那个他正在追捕的人该倒霉了。听完演奏会出来的时候，他说：“医生，你肯定想回家了吧？”

“是，也应该回家了。”

“我还得花几个小时去做点事。这件科伯格广场的事可相当严重。”

“为什么说严重呢？”

“有人正预谋一起重大犯罪案件，我坚信我们能及时制止此事。可今天就使这事复杂了，今晚我需要你来帮我。”

“几点？”

“十点就够早的了。”

“那好，我十点到贝克大街。”

“很好，不过，医生，这事可能有点儿危险，所以带上你以前在军队时用的手枪。”他挥了挥手，转身走开，很快消失在人群之中。

我相信我不比身旁的人笨，可在和夏洛克·福尔摩斯的交往中，我总觉得自己太笨了。他听到的我也听到了，他见到的我也见到了，可他话中不仅说出了他已经清楚看到的，还能预测到那些将要发生的，而我却还对整件事一头雾水。我乘车回到地处肯辛顿的家中后，我把整件事捋了一遍，从抄写《大英百科全书》的红发人的异乎寻常的遭遇，到后来去寻访萨克斯－科伯格广场，一直到福尔摩斯和我分手时所说的不祥的预示。今晚的探险是怎么回事？为什么还要带武器？要去哪里？都干些什么？福尔摩斯暗示我，那个脸上无须的当铺伙计是个难对付的家伙，他可能在要着奸猾的诡计。我试着解开这个谜，最后只能失望地放弃，只好先放在一边，反正晚上会真相大白的。

晚上我九点一刻从家动身，穿过公园，经牛津街到了贝克大街。他门前停着两辆双轮马车，走进走廊就能听到楼上传来的声音。我走进福尔摩斯的房间，发现他正在和两个人热烈地交谈着什么，我认出其中一个人是彼得·琼斯，是官方的一个警探。另一个人是个瘦高个，一脸愁容，戴着一顶磨损得很厉害的帽子，身穿一件体面的厚礼服。

“哈，我们的人齐了。”福尔摩斯说着，系上粗呢上衣的扣子，又从架子上取下他那根粗重的猎鞭，“华生，我想你认识来自苏格兰场的琼斯先生吧，这位是梅里韦瑟先生，他们会参加我们今晚的行动。”

“医生，你瞧，我们又要一起去追捕罪犯了。我们这位朋友可是个追捕能手，他能很容易追寻到目标。”琼斯傲慢地说。

梅里韦瑟悲观地说：“希望这次追捕不会竹篮打水一场空。”

那个警探神气活现地接着说，“你要对福尔摩斯先生有信心，他有他自己的小手段。恕我直言，这些手段只是有点过于异想天开。不过他确实具备一名侦探的素质。毫不夸张地说，有那么一两次，他比警方判断得都更加正确，例如舒尔托凶杀案和阿格拉珍宝盗窃案。”

那个陌生人争辩说：“琼斯先生，你这么说也可以。不过，我还是要说，我没能去打桥牌，二十七年来，这是我头一次在周六晚上不去打桥牌。”

夏洛克·福尔摩斯说：“我认为你等会儿会发现今晚下的赌注比以往都要高，并且这局牌也会更刺激。梅里韦瑟先生，对你来说，赌注大约三万英镑；琼斯先生，对于你，赌注是你想要逮捕的人。

“约翰·克莱，杀过人、偷过东西、劫过道、骗过钱。梅里韦瑟先生，尽管他还年轻，但他已经是个犯罪头子了。在伦敦我最想抓到的犯人就是他。就这个年轻的约翰·克莱，他是个不简单的人，祖父是皇室公爵，他本人也曾经在伊顿公学和牛津大学读过书，他头脑机敏，身手灵活。在每个街角我们都可能会发现他的踪迹，但从来不知道怎么找到这个人。这周他可能在苏格兰砸烂一张儿童床，下周却可能在康沃尔筹建一个孤儿院。我跟踪他多年了，可从未见到过他。

“希望我今天能有幸带你认识他。我也和这个约翰·克莱交过一两次手，同意你说他是个罪犯头子。好啦，现在已十点多了，该出发了。请你们两位坐第一辆马车，我和华生坐后面那辆。”

漫长的道路上，夏洛克·福尔摩斯很少讲话，只是靠在座位上，哼着下午听过的曲子。我们左拐右转，钻迷宫似的行驶在点着煤气灯的马路上，最后驶上法林顿大街。

这时，我朋友说：“我们马上就到。梅里韦瑟是个银行董事，他本人对这个案子很感兴趣。我觉得让琼斯一起来也有好处，他人不坏，只是在侦探这行完全是个笨蛋。不过他有个优点，一旦抓住坏人，会像斗牛犬一样勇猛，像龙虾一样紧抓住猎物不放。到了，他们正等我们呢。”

我们又来到了上午来过的那条拥挤不堪的大街上。把马车打发走后，我们跟着梅里韦瑟先生走过一条窄窄的通道，他打开一个侧门，带我们进去。里面是个小走廊，走廊尽头有扇大铁门。打开铁门，经过一段盘旋石梯，又穿过一道大门，梅里韦瑟先生停下来，点上提灯，然后领我们经过一段黑暗的带着泥土气味的通道，然后开了第三道门进入一个庞大的地下室，里面堆满了大大小小的箱子。

福尔摩斯举起提灯四下看了看，说：“从上面进来真不容易。”

“从下面也不容易。”梅里韦瑟先生说着，用手杖敲了敲地上的石板边，惊讶地抬起头，说：“天哪，听声音下面是空的。”

“我真的必须要求你安静点。”福尔摩斯非常严厉地说道，“你已经严重影响了我们这次探险的成功，请你坐到那边的箱子上去，别来干涉我。”

这位一本正经的梅里韦瑟先生一脸委屈地坐到一个箱子上面，而福尔摩斯跪倒在地上，提着提灯，用放大镜仔细地查看着石头间的缝隙。片刻之后，他站起身来，把放大镜放在兜里。说：

“我们还得等一个小时，他们在那位好心的当铺老板睡熟之前是不可能采取任何行动的。然后他们就会争分夺秒了，因为动手越早，逃跑的时间越充裕。医生，你肯定猜出来了，我们正身处伦敦一家大银行市内支行的地下室，梅里韦瑟先生就是这家银行的董事长。他会向你解释为何伦敦那些大胆的罪犯对这个地下室如此感兴趣。”

“是我们的法国黄金，”那位董事长低声道，“我们已多次接到警告说有人算计这批黄金。”

“你们的法国黄金？”

“是的。数月前，我们正好有机会扩充我们的资金来源，为此我们从法国银行借了三万法国金币。现在已清楚，我们一直还没有机会将这些钱开箱，它们现在还藏在这间地下室。我坐的这个小箱子里就有两千金币，都是用锡箔一封封包好的。我们现在存的这些金币比起一家支行平常所储备的金币要多得多，董事们对这事一直不放心。”

福尔摩斯说：“这倒很有道理。现在我们该安排安排我们的小计划了，估计再有一个小时就到关键时刻了。现在，梅里韦瑟先生，我们得把这灯罩给罩上。”

“那就这样黑灯瞎火地坐着？”

“恐怕得这样。我口袋里有一副牌，我们四人正好一局，原本想着你还可以打你的桥牌呢。现在看来，我们的对手已准备这么多了，我们不能冒风险亮灯。首先，我们必须选好位置，这些人胆大包天，尽管我们可以打他们个措手不及，不过还是要小心，否则可能还是会受伤的。我就隐蔽在这个箱子后面，你们也在那些箱子后面藏好。只要我把灯光照向他们，你们必须马上靠拢过来。他们要是开枪，华生，你就毫不留情地将他们击倒。”

我把手枪子弹上膛，放在藏身前的箱子上。福尔摩斯迅速将提灯的遮盖挡上，我们立即陷入一片漆黑——一片我从未经历过的黑暗。只有金属被烤热所散发的气味告诉我们灯还亮着，随时准备着照出光亮发出信号。而我高度集中精神，地下室中突如其来的黑暗和其中阴冷的空气使人非常地压抑。

“他们只有一条退路，”福尔摩斯轻声说，“就是从这里退回当铺，然后撤到萨克斯－科伯格广场。琼斯，你按我的要求做好了吗？”

“在前门，我派了一个巡警、两个警官守在那里。”

“那所有的洞都堵严了，现在我们必须在这里静静地等。”

等的时间真难熬！事后我们对了对记录，当时只等了一小时一刻钟，可我觉得好像是过了一整夜似的，仿佛天马上就要亮了。我一动都不敢动，累得手脚发麻，但神经保持高度紧张，听力非常灵敏，不仅能听到我同伴们轻轻的呼吸声，还能分辨出大块头琼斯那粗重的吸气声和那个银行董事很轻的叹息声。从我身前的箱子往地板上看去，突然眼前闪过一丝光亮。

起先，只是石板地上闪过几点零星的光亮，接着火星连成一道黄光，突然毫无预兆地，地面上裂开一个口子，里面伸出一只手，一只非常白净、很像女人的手，在有亮光的那一块小地方中央摸索着，一两分钟之后又缩了回去，周围又是一片漆黑，只有石缝间的一丝黄色光亮。

不过是一瞬间，那只手又伸了出来，然后突然发出一阵刺耳的撕裂声响，地板中间一块宽大的石板翻了过来，立时出现了一个四方的洞口，里面射出一束提灯的灯光。洞口露出一张清秀的孩子般的脸，向四周机敏地看了一下，然后两手攀着洞口两边，先是双肩，再是腰部都上来了，然后一个膝盖跪在洞边，转眼间他爬了上来站在洞口，随后拉上来一个同伙，那同样是个小个子，一般的身手敏捷，脸色苍白，一头蓬乱浓密的鲜红头发。

他小声说："一切顺利，带的凿子和袋子呢？天哪，不好！往下跳！亚齐！跳！我来对付他们！"

夏洛克·福尔摩斯已然跃出，一把揪住了这个入侵者的领子。另一个跳进了洞里，我听到撕破衣服的声音，原来是琼斯把他的衬衫撕扯破了。一支手枪的枪管在亮光中闪了一下，但福尔摩斯的猎鞭一下抽到那人的手腕上，手枪当的一声掉在地上。

"没用的，约翰·克莱，"福尔摩斯无动于衷地说，"你逃不了了！"

那人非常冷静地说："我知道，尽管你们抓住了我同伴的衣角，但我认为他会安然无恙的。"

福尔摩斯说："那边门口，有三个人在那儿候着呢！"

"说真的，看来你们布置得很周到。我真得夸赞一番。"

"彼此彼此，"福尔摩斯回道，"你那个'红头发'的点子很新颖，也很有效。"

琼斯说："你很快就能见到你的同伙，他钻洞可比我钻得快，伸出手来，让我铐上。"

"请别用你的脏手碰我，"手铐扣到他手上时，我们的俘虏说道，"你们可能不知道，本人是皇室后裔。并且你们对我讲话时，都要用上‘先生’和‘请’字。”

琼斯笑了笑，盯着他说：“好的。‘先生’，‘请’你往台阶上走吧，到了上面我们弄辆马车把阁下送到警察局去。”

约翰·克莱安详地说：“这样好多了。”他快速地向我们三人鞠了一躬，然后默默地被警官押了出去。

我们跟在他们后面从地下室走了出来，梅里韦瑟先生说：“说实话，我真想不出我们银行该怎么酬谢你们好。毫无疑问，你们以最缜密的手段侦破此案，这是我从未见过的策划最周密的银行盗窃案了。”

福尔摩斯回道：“我自己就有一两笔账要和约翰·克莱清算。在这个案子上我花了一些钱，我想银行会把这些钱付给我吧。此外我在别的方面也得到了丰厚回报，这段经历从各方面看都是独一无二的，并且还听到了‘红发会’这个不同寻常的故事。”

这天早晨，在贝克大街，我们喝着苏打威士忌，福尔摩斯说：“瞧，华生，一开始就很明显，所谓‘红发会’的广告，还有去抄写《大英百科全书》，这些异乎寻常的事，唯一可能的目的就是把这个糊涂的当铺老板每天支出去几个小时。这种做法很稀奇，但说真的，很难再想出什么更好的办法了。这方法正说明了克莱的足智多谋，他巧妙地利用了同谋者头发的颜色。一周四英镑肯定能把他引诱上钩，但相对他们想要弄到手的几万金币，这点小钱又算得了什么呢？他们登了广告，一个坏蛋搞了个临时办公室，另一个鼓动他去申请这个职位，两人一起保证了当铺老板每天上午都不在当铺里。从我一听到这伙计愿意只拿一半工钱的时候，我就看出他肯定有某种动机了。”

“可你怎么猜出他的动机是什么的呢？”

“要是这家里有女人的话，我可能还会怀疑有什么低俗的阴谋，可根本就不是那么回事。这当铺老板的买卖不大，家里也没有什么东西值得花这么大工夫、这么大价钱来准备这些事，那肯定就是为了当铺外的东西。那会是什么呢？我想起这伙计爱照相，并且有进入地下室的本事。地下室！这错综复杂的事总算有了头绪。然后我去调查了一下这个神秘的伙计，发现我正和伦敦市头脑最清晰、胆子最大的罪犯过招。他正在地下室搞着什么，这事需要每天都要干好几个小时，还得干好几个月才能完成。那又会是什么呢？除了他要挖一条通往某个建筑的地道外，我再也想不出什么其他事情。

"当我们去查看作案地点时，我心里就有谱了。我用手杖敲打人行道让你吃惊了吧？我那是在确认地下室是朝前还是朝后延伸的，前边没有，然后我就按了门铃，正如我所料就是那个伙计开的门，我们从前有过较量，却从未谋面。我几乎没看到他的脸，想看的就是他的双膝。你自己也肯定看到了，他裤子的双膝处是那么破旧，满是褶皱，那么脏兮兮的。这说明，他正挖地道呢。唯一的存疑是这地道是挖到什么地方去的。转过街角，我看到原来那城市和郊区银行正紧挨着我们朋友的房子。于是我就知道答案找到了。音乐会后，你乘车回去的时候，我去拜访了苏格兰场和那个银行的董事长，结果你都见到了。"

我又问："那你又是怎么知道他们是今晚行动的呢？"

"这个嘛，他们红发会办公室关门表明他们已经不再在意杰贝兹·威尔逊先生是否在当铺里了。换句话说，他们的地道已经挖成了。但关键是地道必须得马上用，一来地道可能被发现，二来金子随时可能被移走。对于他们来说，周六比其他日子都要合适，这样他们就有两天时间逃跑。有了这些理由，我料定他们就在今晚动手。"

我带着毫不掩饰的钦佩赞道："你推理得太完美了，推理那么长，可一环扣着一环，毫无破绽。"

他打了个哈欠，答道："这推理使我不再无聊。唉，我已经开始觉得生活无聊了。我一生都在力求免于虚度光阴。这些小案件恰恰解决了我的麻烦。"

我说："可同时你也给世人带来了好处。"

他耸了耸肩，说："哦，也许吧，总还是有点用处的。就像古斯塔夫·福楼拜在给乔治·桑的信中说的那样：'人本虚无，著述就是一切。'"

身份案

我和福尔摩斯对坐在贝克街他寓所的壁炉前。他说："老兄，生活比人们想象的要奇妙千百倍得多；生活中的一些真实事情，我们就连想也不敢想。如果我们可以手拉手地从那个窗户飞出去，翱翔在这个大城市的上空，轻轻掀开那些屋顶，一定能看到里边正在发生的一切不平常的事情：奇怪的巧合、秘密的策划、闹别扭以及令人惊奇的一连串事件，它们不断发生着，导致稀奇古怪的结果。

这些将会使得一些老一套的、一看开头就知道结局的小说变得索然无味而失去销路。"

“我可不这么认为。”我回答说，“报纸上的那些案件都单调地很，而且俗不可耐；警察的报告是很现实的吧，但一样是又无艺术性又没趣味。”

福尔摩斯说道：“要产生实际的效果得作些选择和判断。警察的报告，重点放在检察官的陈词滥调上了，并没有记录旁观者所感兴趣的细节。相信吧，没有什么比平平常常的事情更千变万化的了。”

“我很理解你，”我笑着摇了摇头，“作为非官方的警探，所有有麻烦的人都来找你帮忙,你有机会接触很多稀奇古怪的人和事。可是这儿——”我从地上捡起一份晨报——“我们来验证一下吧，这有个新闻：《丈夫对妻子的虐待》，它占了半个版面，我不看就知道里边写的是什么玩意儿，第三者插足呀，酗酒呀，吵架呀，打呀，伤痕累累以及富有同情心的姐妹或房东太太这一类，即使最差劲的作者都会写出这么粗制滥造的东西。”

福尔摩斯拿过报纸，粗略地扫视了一下，说：“很遗憾，你举的例子不能证明你的论点。这是杜达斯夫妇的离婚案，我恰巧整理过这个案子的一些材料。丈夫是绝对的禁酒主义者，也没有别的女人插足；他被指控是因为他有一个坏习惯，每次吃完饭，总是取下假牙砸他老婆。你觉得这样的事小说家能编得出来吗？医生，来点鼻烟吧，从你举的例子来看，是我赢了。”

他把他用旧了的镶有一颗大宝石的金质鼻烟盒递了过来，鼻烟盒的贵重与他简朴的生活作风形成鲜明对照。

“啊，”他说，“我不记得有多久没看见你了。这是波希米亚国王为感谢我在安娜·阿德勒相片案中的帮忙而赠送给我的小纪念品。”

“那戒指呢？”我指着他戴在手上的光彩夺目的钻石戒指问他。

“荷兰王室送我的，我给他们破的这个案件关系很微妙，所以即使对你这样忠诚的朋友，我也不能透露一点儿。”

“那你手头现在有什么案件吗？”我不想就此作罢。

“有那么一些，但没有一件有趣，尽管它们都重要。我早就发现往往那些不重要的案件里倒真正需要你仔细观察和细心推理，这样的案子办起来很有趣。而越是大案要案，就越简单没味。现在，除了马赛的那个案子比较复杂外，其他的都很简单。不过，再过一会儿，可能就会有很有趣的案子送上门来，如果我没猜错的话，现在有位委托人来了。”

说完，他站到拉开了的窗帘前，向那条灰暗而萧条的老街望去。我从他肩上望出去，看见对面人行道站着一个高大的女人，她围着厚毛皮围巾，宽边帽上插着一根又长又弯的羽毛，一副文郡人卖弄风骚的样子。她神情紧张而又犹豫不决地望着我们的窗子，她不停地用手指拨弄手套上的纽扣，有点站立不安。突然，像游泳者从岸上一跃入水那样，她急速地穿过马路，这时我们听到了一阵刺耳的门铃声。

福尔摩斯把烟头扔到壁炉里，说：“我以前见过类似情况，在人行道上站立不安意味着有桃色事件，她想征求别人的意见，可又拿不定主意，因为这样的事情不好开口。可并不是都这样，当一个女人被伤得很深时，她就不再犹豫了，她会急得把你的门铃线给拉断。这肯定是一宗爱情事件，这位女士并不激愤，只是迷茫和忧伤。她快来了，谜底可以迎刃而解了。”

话音刚落，就有人轻轻敲门，身穿黑制服的男仆告诉我们是玛丽·萨瑟兰小姐来访。还没通报完呢，这位小姐就站到了矮仆人身后，就像一艘商船跟在领港的小船后面一样。福尔摩斯很大方而又很礼貌地欢迎了她，鞠躬请坐后，随手关上门，片刻间，福尔摩斯就不露声色地把她打量了一番。

“你眼睛近视，打那么多字不觉得累吗？”福尔摩斯说。

“开始有点累，但现在可以盲打了。”她说着，突然意识到了什么，非常吃惊地抬起了头。她宽阔而温和的脸上露出敬畏的神情，“福尔摩斯先生，您听说我的事了吗？要不，你怎么知道这些的？”

福尔摩斯笑着说道：“别紧张，我的工作就是要了解多种情况的。也许我练成了火眼金睛吧，要不，你也不会来找我。”

“先生，我是从阿瑟瑞奇太太那里听说您的。当初警察和其他所有人都说她丈夫已经死了，不用再找，而您很快就把他找到了。福尔摩斯先生，希望您也能这样帮我。我并不是很有钱，除打字所挣的那点钱外，还继承了一笔财产，每年有一百英镑的收入，我愿意全都给你，只要你帮我打听到霍斯莫·安吉尔先生的消息。”

“你是从家里急冲冲地跑出来的吗？”福尔摩斯问道，他把手插在一起，眼睛望着天花板。

玛丽·萨瑟兰小姐那张满是惊讶的脸又愣了起来：“是的，我是从家里跑出来的。因为我父亲温迪班克先生对这事一点儿都不关心，我气坏了。他不让我报警，也不让我找您，他只是一个劲儿地说：‘没事，没事。’我气得不得了，穿上外衣就来找您了。”

“你父亲一定是你继父吧，”福尔摩斯说，“你们不是同姓。”

“对，是我继父，很可笑，他竟然是我父亲，他只比我大五岁零两个月。”

“你母亲还健在吗？”

“是的，她还健在，我父亲刚死不久，她就又结婚了，而且丈夫比她小十五岁，这让我很恼火。父亲生前在托特纳姆法院路做管道生意，他留下一个相当大的企业，由母亲和哈迪先生继续经营。可是温迪班克先生一来就强迫母亲卖掉这个企业，温迪班克是个推销酒类的旅行推销员，很高人一等的模样，他们把产权和经营权全卖掉了，只得了四千七百英镑。要是父亲还活着，准能卖个比这好得多的价钱。”

我本以为福尔摩斯对这样无头无脑的叙述会厌烦的，不料，他竟听得很认真。

“你的那点收入是从这个企业得来的吗？”福尔摩斯问。

“不是的，先生。那是另一笔收入，是奥克兰的奈德伯父遗留给我的。是利率为四分五的新西兰股票，股票金额有两千五百英镑，但我只能动用利息。”

福尔摩斯说：“我对你的所说很感兴趣，既然你除了工作挣的钱外，还能提取一百英镑的巨款，你完全可以外出旅游，过很舒服的生活。我知道，一位独身女士每年有六十英镑就可以过得很好了。”

“哪怕没六十英镑，我也能过得很好。不过，福尔摩斯先生，你不知道，我不想成为他们的负担，所以我在家里住的时候，他们就用我的钱。当然，这是暂时的。温迪班克先生把我每季度该得的利息，准时提出来交给我母亲，我觉得光用打字挣的那点钱就能过得很好。每打一张挣两便士，一天往往能打十五到二十张。”

“你已经把你的情况说清了。”福尔摩斯说，“这位华生大夫是我朋友，在他面前，你不必拘束，请你把同霍斯莫·安吉尔先生的事情全告诉我们吧。”

萨瑟兰小姐害起羞来，手不停地搓着外衣的镶边。“第一次遇见他是在煤气装修工的舞会上，”她说，“我父亲在世的时候，他们总要送票给他。父亲去世后，他们就把票送给我母亲。温迪班克先生不让我去跳舞，他从不让我们到任何地方去。他甚至对我去教堂做礼拜也会很生气的。可那一次我下决心要去。我就是要去，他凭什么不让我去？他说，那里会有父亲的朋友，我们遇到那些人会尴尬。他还说，我没有合适的衣服，而我那件紫色绒衣，一直放在柜子里。后来，他出公差到法国去了。母亲和我，还有从前是我们工头的哈迪先生，我们一起去了舞会。就是那次舞会，我遇到了霍斯莫·安吉尔先生。”

“我想，”福尔摩斯说，“温迪班克先生从法国回来后，对你们去过舞会的事很恼火吧。”

“啊，他还不错，我记得他笑了起来，耸着肩膀说不让女人做她想做的事是白费力气，她总是随心所欲。”

“我明白了，就是说，你是在煤气装修工的舞会上遇见霍斯莫·安吉尔先生的。”

“是的，先生，那晚我认识了他。他第二天来我家，看我们是否平安到家了。后来，我们还见过面……福尔摩斯先生，我是说，我们一起散过两次步。后来，我继父回来了，霍斯莫·安吉尔就不能再到我家来了。”

“不能吗？”

“是的，我父亲不喜欢我们来往，只要可能，他总是尽量不让任何客人来访，他老说女人应该安于和家里人在一块儿。不过，我常跟母亲说，一个女人首先要有自己的小圈子，而我却没有。”

“霍斯莫先生没再想办法来看你吗？”

“父亲过一星期又要去法国，霍斯莫来信说，为了保险，在他走之前我们最好别见面，还说这期间我们可以通信，他每天都写，我每天一早就去取信，这样，父亲就不知道了。”

“你那时和那位先生订婚了吗？”

“嗯，订了，福尔摩斯先生。第一次散步后我们就订了婚。霍斯莫·安吉尔先生……是莱登霍尔街一家事务所的出纳员，而且……”

“什么事务所？”“福尔摩斯先生，问题就出在这里，我不知道。”

“那他住哪里呢？”“就住办公室。”

“你竟然不知道他的地址？”“不知道，只知道是莱登霍尔街。”

“那你怎么给他寄信呢？”

“就寄莱登霍尔街邮局，他自己去取。要是寄到办公室，他说，其他同事会笑话他和女人通信。因此，我提出用打字机把信打出来，像他给我的信那样，但他不同意，他说，看我亲笔写的信就像直接和我往来，而打出来的信，总觉得我俩中间隔着打字机似的。福尔摩斯先生，这正好表明他很喜欢我，这些小事情他都想得很周到。”

福尔摩斯说：“这最能说明问题了，我一直认为小事情是最重要的，你还记得霍斯莫·安吉尔先生的其他小事情吗？”

“福尔摩斯先生，他非常腼腆，只在晚上和我散步，不愿白天和我出去，他说他不想引人注意。他举止文雅、彬彬有礼，说话细声细气。他说他小时候患过扁桃腺炎和大脖子病，以后嗓子就一直不好，说话含混不清，像说悄悄话一样。他很讲究穿着，衣服整洁素雅，但他眼睛不好，所以，同我一样，他也戴着浅色眼镜，好把刺眼的光线遮挡住。”

“那么，你继父温迪班克去法国以后的事情呢？”

“霍斯莫·安吉尔先生又到我家来了，他提议，让我们在继父回来前把婚给结了。他很认真，他要我把手放在《圣经》上发誓，以后不管发生什么，我都要永远忠实于他。母亲说，他要我发誓是正确的，说明他对我有感情。母亲一开始就赞成我们的亲事，甚至比我还要喜欢他。当他们说要在一周内举行婚礼时，我就说要等父亲回来，但他们都说，不用考虑父亲，事后告诉他一声就行了。母亲还说，她会让父亲满意的。福尔摩斯先生，我并不喜欢这样。尽管只因为他比我大几岁，就一定得得到他的允许，这说起来是很好笑，但我不想偷偷摸摸地结婚。所以，我给父亲写了一封信，寄到他公司驻法国波尔多的办事处。但就在我结婚的那天早上，信被退了回来。”

“也就是说，他没有收到这封信？”

“是的，先生，因为信寄到那里时，他刚好已经动身回英国了。”

“啊哈，太不巧了！你的婚礼是预定星期五在教堂举行的吗？”

“是的，先生。我们悄悄地举行，一点儿也不张扬。我们的婚礼定在皇家十字路口的圣救世主教堂举行，随后在圣潘克拉饭店吃早餐。霍斯莫乘一辆双轮双座马车来接我们。但我们一共有三个人，他让我和母亲登上了他的马车，他自己上了刚好路过的另一辆马车。我们先到了教堂，他坐的马车紧接着也到了，我们以为他会马上下来，但他迟迟没有。马车夫从赶车的座位上下来看时，车座里什么人也没有，他不见了！车夫说他不知道人到哪里去了，不过，他是亲眼看到霍斯莫坐进车厢的。福尔摩斯先生，那是上周五的事，从那以后，他什么消息都没有了。”

福尔摩斯说：“要我说，这是对你极大的侮辱。”

“不，先生，不是的。他对我很好，他不会就此离开我的。他很早就对我说，要我不管发生什么事都要忠于他，哪怕有什么不可预测的事把我们分开了，我也该牢记对他发的誓。在结婚当天早上说这样的话未免有点不可思议，但从此后发生的事情看来，这话是很有含义的。”

“当然很有含义，那么，你认为他是遇到什么不测了吗？”

“是的，先生。他要不是预见到某种危险就不会讲这样的话了，所以，我想一定是他预见的事终于发生了。”

“不过，你难道没想过发生的会是什么事情吗？”

“没有。”

“还想问一下，你母亲是怎样看待这件事的？”

“她气坏了，并且要我永远别提这件事了。”

“你父亲呢？你告诉他了吗？”

“告诉他了，他也认为霍斯莫出了什么事，但他认为我该耐心等霍斯莫的消息。他说，在教堂门口离我而去，他会得到什么好处呢？如果他借了我的钱，或者，我们已经结婚了，财产转给他了，似乎还说得过去。但霍斯莫在经济上是很独立的。我的钱，哪怕是一先令，他都不要。可是，到底发生什么事了呢？为什么信都不写一封？唉，我想起来就疯疯癫癫，睡不着觉。”接着，她从皮手笼里拿出一方手帕，捂着脸哭了起来。

福尔摩斯站了起来：“我接手了你的案子，就一定会给你一个答复的，这毫无疑问。现在一切看我的，你不用再操心了。首先，把霍斯莫先生给忘掉吧，就像他的突然消失一样。”

“你是说我不会再见到他了吗？”

“恐怕不会了。”

“那他到底怎么了？”

“这个问题就交给我了，我现在想看看他写给你的信件。”

“我在上周六的《记事报》上登过寻人启事，就在这。这里还有他写给我的四封信。”

“好，你的地址呢？”

“坎伯韦尔区，里昂街31号。”

“我知道你不知道这安吉尔先生住哪里，那么，你父亲在哪里工作？”

“他是法国红葡萄酒大进口商韦斯特豪斯·马班克公司的旅行推销员。”

“好的，情况已经说得很清楚了，把这些文件留给我吧。请记住我对你的劝告，事情已经结束了，不要让它影响你的生活。”

“福尔摩斯先生，你真好，可我忘不掉他，我要忠实于他，他什么时候回来，我们就什么时候结婚。”

尽管玛丽小姐头上有一顶古怪的帽子，她的神情也怅然若失，但她的淳朴和对爱情的忠诚，却值得我们敬佩。她把文件放在桌上就离开了，临走说如果需要，她就会马上来。

福尔摩斯还是手指尖顶着手指尖，两腿伸直，眼睛盯着天花板。他沉默了一会儿后，从架子上取下他的陶制烟斗，这是一只他用了很多年，满是油腻的烟斗，这烟斗对他来说，简直是一个老参谋。他点燃烟丝，靠在椅背上，一边思考着什么，一边吐着蓝色的烟圈。

“这个姑娘本身就很值得研究，她比她的案子更有意思。”福尔摩斯说，“其实，她的案子很简单、平常。如果查一下我的档案中1877年安多弗索引，就能找到类似的例子，而且去年海牙也发生过这样的事。那都是老掉牙的故事了，我看这里面只有那么两个情节比较新鲜。不过，这位姑娘本人倒很值得我们去深思。”

我说：“你好像从她身上看出了很多我看不出的东西。”

“华生，不是你看不出，是你没注意。你不知道该看哪里，所以会忽略很重要的东西。你不知道袖子的重要性和如何从大拇指中、鞋带上去发现问题。好，你来描述一下你所看到的吧。”

“嗯，她头戴蓝灰色宽边草帽，上面插有一根砖红色羽毛。她身穿灰黑色短外套，外套上缀着黑珠子，边上镶有小小的黑玉饰物。她的上衣是比咖啡还要深的褐色，领部和扣子上镶着紫色的长条毛绒。浅灰色的手套食指磨破了。她的鞋我没注意到。她有点胖，戴着金耳坠。总的看来，她是位长相一般、自由自在的阔小姐。”

福尔摩斯边听边微笑着轻拍手掌。

“华生，不是我夸你，你进步很大。你观察得很仔细。虽然你忽略了一些重要的东西，但方法还是掌握了。你对颜色的辨别能力很强，但是，老兄，我们应该集中注意细节，不能只看大体的印象。我首先着眼的总是女人的袖子、男人的膝盖。你看到了，这位姑娘的袖子上有长条毛绒，这是很能说明问题的。她手腕上面有两条纹路，说明她是打字员。纹路是打字时在桌上压出来的。手摇式缝纫机也能形成类似的痕迹，但那是在左臂，离大拇指最远的一边，而且不像打字痕迹那样正好横过最宽的部分。随后我看了她的脸，发现宽鼻梁两边都有夹鼻眼镜留下的凹痕，所以，当我说她是打字员和有点近视的时候，她觉得很吃惊。”

“我也一样吃惊。”

“可我没说错。我接着往下看，很吃惊又很好笑地发现她穿的靴子，尽管不是完全不同，但确实不是一对，一只靴尖上是带花纹的皮包头，另一只却不是；一只靴子的五个扣子中只扣了下面两个，而另一只只有第二和第四个扣子没扣。华生，当你看到一位穿戴很整齐的姑娘，脚上却穿着只扣上一半而且不配对的靴子时，会不会很容易就推测出她是匆匆忙忙从家里出来的呢？”

“还有呢？”我问道，对他的推理，我非常有兴趣。

“我还知道她离家之前写了一张纸条，而且是在穿戴好之后写的。你只看到她右手套手指那个地方破了，不过你显然没发现她的手套和食指都沾了些墨水，说明她写得很急，蘸墨水时笔插得太深了。这肯定是今早的事，否则，墨迹不会留在她的手指上。这些虽然很简单，但非常有趣。好了，我们言归正转，华生，帮我念一念那个寻找霍斯莫·安吉尔的启事好吗？”

我拿着那张报纸凑到灯前，启事写道：

“14日晨，一位名叫霍斯莫·安吉尔的先生失踪了。此人身高五英尺七英寸，身材高大，肤色淡黄，头发乌黑，头顶略秃，留有浓密漆黑的颊须和胡子，戴浅色墨镜，讲话低声细语。失踪前身穿丝镶边黑色大礼服，黑色背心，哈里斯花呢灰裤，褐色绑腿，两边有松紧带的皮靴。背心上挂一条艾伯特式金链。此人曾在莱登霍尔街的一个事务所任经理。若有人……”

“好了，”福尔摩斯说，“至于这些信件，”他看了一眼，接着说，“除了引用过一次巴尔扎克的话以外，其他很一般，没有任何关系到霍斯莫先生的线索。不过，有一点很值得注意，你会很奇怪的。”

“这些信是打字机打的。”我说。

“不仅如此，连签名也是打的，你看，信末那几个打得很工整的小字：‘霍斯莫·安吉尔’。有写信日期，但地址只是‘莱登霍尔街’，这很不明确。这个签名很有问题，甚至是决定性的问题。”

“针对哪一方面？”

“我的好伙伴，难道你还没看出这个签名在本案中的关键作用吗？”“我不敢说我已看出来了，也许他只是想不让别人找到他违约的凭据而已。”

“不，这不是问题的关键。现在，我来写两封信，一封给伦敦的一个大公司；另一封给年轻的继父温迪班克先生，让他明晚六点到这里来，我们不妨跟她的男亲属打打交道，说不定问题能就此弄清。好了，华生，在收到回信之前，我们没什么事要做了，这个小小的问题可以暂时放一边去。”

我相信我朋友的推理能力和旺盛的精力，他面对各种疑案时胸有成竹、从容不迫的原因就在于此。他只在波希米亚丑闻案中失败过一次。可是，当我想起“血字的研究”和“四签名”等那些不寻常的案件时，就觉得要是连福尔摩斯都拿不下的案子，那真是太神奇的疑案了。

我走的时候，他还在抽烟，我想等我明晚再来时，他肯定已经找到了有关失踪新郎是何身份的线索。

我当时有一个病情严重的病人，第二天我在病床边忙碌了一整天。快到六点钟时，事情忙完了，我跳上一辆双轮小马车直奔贝克街，生怕去晚了，帮不上福尔摩斯的忙。我赶到时，只有他一个人在家，他半睡半醒地蜷在深陷的扶手椅中，旁边的一排排烧瓶与试管发出令人害怕的盐酸味，看来，他又做了一天化学试验。

“喂，事情解决了吗？”我一进门就问。

“解决了，是硫酸氢钡。”

“不，我说的是那个案子！”我叫道。

“哦，那个呀，我还以为是问我做的试验呢。我昨天已经说过，这个案子很简单，有些细节倒蛮有意思。我现在唯一遗憾的是没有哪条法律能惩处那个坏蛋。”

“他到底是什么样的人，为什么要抛弃玛丽小姐呢？”

我刚把话问完，福尔摩斯还没来得及开口作答，一阵沉重的脚步声就在楼道里响了起来，接着，有人敲门了。

“是那位姑娘的继父温迪班克先生。”福尔摩斯说，“他写信告诉我他六点钟来。请进吧！”

一个中等身材的男人走了进来，他三十来岁，身体健壮，肤色淡黄，胡须刮得光光的，一副殷勤、拍马屁的样子。他询问似的扫视了我们一眼后，把圆式帽子搁到了衣帽架上。他向我们微微鞠了一躬，就侧身坐到了就近的椅子上。

“晚安，温迪班克先生，”福尔摩斯说道，“我想这封信是你打的吧，信中约定六点钟我们见面，是吗？”

“是的，先生。我可能来迟了一点儿，不过我没办法。我很抱歉我女儿拿这种小事情来打扰你，我总觉得家丑还是不外扬的好。她是背着我来找你们的。你们也都知道了，她是个容易冲动的大脾气姑娘，喜欢由着性子做事。当然，我对你们并不介意，因为你们和官方警察没有联系。可把这种家丑张扬到社会上总是不太好，而且，也没什么用，你们怎么可能把霍斯莫·安吉尔这人找到呢？”

“不，”福尔摩斯平静地说，“我很有把握把霍斯莫·安吉尔找到。”

温迪班克先生一听，身子抖了抖，手套掉了下去，他说道：“听到你这番话，我很高兴。”

“奇怪的是，”福尔摩斯说，“打的字也能像手写的一样可以表现出一个人的特性。除非是新打字机，不然没有两台打字机打出来的字会是一模一样。有的字母比别的字母磨损得更厉害，有的只磨损了一边。温迪班克先生，请你看自己打的这张短笺，字母‘e’总有点模糊，字母‘r’的尾巴也有缺损，还有别的十四个更明显的特征。”

“我们的信函都是用公司的那台打字机打的，当然，它有点儿磨损了。”我们的客人边说边用发亮的小眼睛瞥了一下福尔摩斯。

“温迪班克先生，现在我给你讲一个有趣的研究吧，”福尔摩斯继续说，“我最近想写一篇有关打字机与犯罪的论文。这是我比较注意的一件事情。我这儿有四封信，全是那个失踪的霍斯莫打的。

不但每封信中的字母‘e’都是模糊的，字母‘r’都是缺尾巴的，而且,你用我的放大镜去看一看,我提到的其他十四个特征也都有。”

温迪班克先生跳了起来，拿起帽子，说：“福尔摩斯先生，我没空听你的无稽之谈。你要能抓到那个人，就把他抓住好了，到时请告诉我一声。”

福尔摩斯抢上前去，把门给锁上，说：“现在我告诉你，我已经抓到他了。”

“哦,在哪里？”温迪班克先生喊道,脸都白了,眼睛瞪得老大,像被逮住的老鼠一样。

“你还是别嚷嚷吧，嚷也没用，”福尔摩斯温和地说，“温迪班克先生，你赖不掉的，事情很清楚。你竟然说我解决不了这么简单的问题，你太小看人了。这只不过是个很简单的问题！你给我坐下，我们好好谈谈。”

温迪班克瘫在椅子上，脸色苍白，额头满是汗水，他吞吞吐吐地说：“这……这还没到提出诉讼的程度。”

“是的，确实还没到。但是，温迪班克先生，我还从没见过像你这么自私、卑鄙、残忍的人。下面，让我把你的鬼把戏从头到尾抖落出来，不对的地方你可以指出来。”

温迪班克在椅子里蜷成一团，耷拉着脑袋，一副被彻底击垮了的样子。福尔摩斯把脚搭在壁炉壁角上，手插在口袋里，身子向后仰着，自言自语般说了起来。

“有个男人为了贪图钱财而跟一个年龄比他大很多的女人结了婚，”他说道，“只要女儿跟他们住一起，他就可以花她的钱，而且，对他们来说，这笔钱很可观，失掉它，生活会大不相同，所以得想方设法维持现状。他女儿心地善良、温柔多情，而且收入颇丰，显然，像她那样的姑娘是不会没有人爱的。她一嫁走就意味着每年少收入一百多英镑。这个男人怎样才能不让女儿嫁出去呢？他一开始想尽办法让她待在家里，禁止她和其他人交往。后来，他发现这不是长久之计。他女儿开始不怎么听话了，而且越来越有主见，最后竟然要去参加舞会。在这种情况下，这个诡计多端的继父怎么办呢？他想了一个卑鄙的计谋。在妻子的默许和帮助下，他把自己伪装成另一个人，他给敏锐的眼睛戴上浅色墨镜，脸上戴着假络腮胡子，说话时把声音压低变细，由于女儿近视，他的伪装成功了。他以霍斯莫·安吉尔的名字出现，为让女儿不爱上别的男人，他自己向女儿求爱。”

“我只不过想跟她开开玩笑而已，”温迪班克支支吾吾地说，“我没想到她会那么痴情。”

“根本不是开玩笑。可那位年轻姑娘确实被爱情冲昏了头脑，满以为她继父在法国，根本没察觉自己上了大当。那位先生的殷勤奉承让她高兴，她母亲的赞同更让她高兴。安吉尔先生来访后，事情就继续下去了。会过几次面，订了婚后，姑娘的心开始忠实于他了。但骗局不能永远继续下去，装着去法国出差也很麻烦，所以他干脆让事情彻底结束，好让年轻姑娘永远忘不了他，这样，她就不会看上别的男人了。于是，手按《圣经》发誓白头偕老的一幕导演出来了。婚礼那天早晨的暗示也预先设计好了。詹姆斯·温迪班克希望玛丽小姐对霍斯莫·安吉尔忠贞不渝，而对他的生死则含糊其辞，总之，这可以让她至少十年内不嫁出去。霍斯莫陪她到了教堂门口后，就耍了花招，从马车的这扇门钻进去，又从另一扇门出来，偷偷溜了。这就是事情的全部经过，温迪班克先生！”

温迪班克听着听着，精神逐渐恢复了过来，他站起身，脸上露出不屑的表情。

“或真或假，福尔摩斯先生，”他说道，“你真是绝顶聪明啊，不过，你还应该聪明点才好。这样你就会知道，触犯法律的人是你，而不是我。我始终没有违反法律，而你把门锁上，这足以起诉你人身攻击和非法拘禁。”

“你说对了，法律奈何不了你，”福尔摩斯说着，开锁推门，“但你比任何人都应该受到惩罚。要是那位年轻姑娘有兄弟朋友的话，他们会用鞭子抽你的，你真该挨揍！”看到那男人无耻的冷笑，福尔摩斯气得满脸通红：“我的委托人并没有让我这样做，但我手边正好有条猎鞭，我想我得抽……”他快步去拿鞭子，但鞭子还没拿到，温迪班克就没命地跑下楼，接着大厅门"砰"地关上了，我们从窗子里望出去，只见温迪班克逃命似的在马路上飞跑。

"真是个畜生！"福尔摩斯边说边笑，一屁股又坐进他的扶手椅，"这家伙总有一天会遭到报应的。唉！总算又碰到了一个有趣的案子！"

"不过，我还是不全明白你是怎样推断出来的。"我说。

"嗯，显然首先应该想到的是，这个霍斯莫·安吉尔先生的奇怪行为肯定是有什么企图的。同时应该想到，只有她的继父才能从这件事中得到好处。而且，最重要的是，霍斯莫和她继父从没同时出现过。至于戴墨镜和奇怪的说话声、满脸络腮胡，都表明那是在伪装。甚至，他为了怕他继女认出自己的笔迹，连信中的署名都是用打字机打的——如此一来，我更怀疑他了。你看，所有这些貌似不沾边的小事都指向了同一个方向。"

福尔摩斯名言警句

不论多么天衣无缝的犯罪，只要是人做的，就没有解不开的道理。

"你是怎么去证实你的推理的？"

"知道谁是罪犯后，要证实就很容易了。我知道她继父的公司。我把那份寻人启事中的络腮胡、眼镜、细嗓音等我认为是伪装的部分给去掉了，然后把它寄给了那家公司，问他们是否有员工和去掉那些东西的人长相很像。同时，我注意到那些打出的信件的特点，又给他写了封信，直接寄到他办公室，问他是否能到这儿来一趟。正如我所料，他回信了，回信也是用打字机打的，而且有和那几封信同样的一些特征。我还收到了寄自同一个邮局的那个公司的回信，信中说他们的雇员温迪班克和启事中的人长得很像——这就是我的证实过程。"

"现在萨瑟兰小姐怎么办呢？"

"即使我告诉她事情的真相，她也不会相信的。波斯有句话说得好——打消女人心中的妄想，比虎口拔牙还难。我看，不如编个故事，骗骗她算了吧！"

博斯克姆比溪谷谜案

那一天清晨，我正在跟妻子一起用早餐，这时女仆送进来一封电报，是夏洛克·福尔摩斯拍来的，上面写道：

“能否抽出几天时间？收到英格兰西部电报，涉及博斯克姆比溪谷惨案，若你伴同，甚佳。当地空气景致颇好。将于十一点十五分自帕丁顿起程。”

“亲爱的，”妻子隔着餐桌看着我说，“你想去吗？”

“我真不知如何是好，我手头上有很多事。”

“噢，你的工作安斯特鲁瑟可以替你。你近来看上去脸色有点苍白，我想换换环境对你有好处，并且你对夏洛克·福尔摩斯侦查的案件兴趣一直很大。”

我回答说：“看看从任意一个案子中学到的东西，我这次要是不去，就太不仗义了。不过要是去的话，我马上就得准备行李了。现在只剩一个半小时了。”

在阿富汗的宿营生涯中，我起码有了一点收获，那就是能够迅速完备地做好出行准备。我要带的必需品并不多，不到半小时就带着旅行箱坐上了出租马车，飞速地向帕丁顿车站驶去。到达之后，我看到夏洛克·福尔摩斯正在站台上踱来踱去，身着一件长长的灰色出行斗篷，头戴一顶紧箍着头的帽子，这使他清瘦的身形越发显得瘦长。

见到我，他说：“华生，你能来太好了。有个能完全靠得上的人陪伴着，情况就大不一样了。地方上的协助要么是毫无价值，要么满是偏见，你去占那边角落里的两个座，我去买票。”

车厢里就我们两个人，福尔摩斯随身带了一叠杂乱的报纸，一上车就开始翻阅，偶尔停下来做点笔记，时而还默想片刻，就这样一直过了雷丁站，他忽然把所有报纸团成大大一团，随手扔到行李架上。

接着他对我说："你听说过这案子吗？"

"一点儿也没听过，好几天了，我一张报纸都没看过。"

"伦敦的报纸报道的消息一直不全面，刚才我浏览了最近所有的报纸，想了解一下这事的详情。根据我搜集的资料看，这应该是一件极难侦破的简单案件。"

"这话听起来可有点自相矛盾。"

"从深层意义上看，这可是真理。奇案中几乎总是可以找到线索，罪行越没特点、越普通，解决起来越困难。而这个案子，他们已经认定是一起子弑父的重案。"

"那就是一起谋杀案了？"

"哦，他们推测应该是这样。在亲身调查此案之前，我不会妄下任何论断。根据我所能了解的一切，我简要地跟你说一下有关的情况。"

"博斯克姆比溪谷处于赫利福德郡，属农村地区，距离罗斯郡不远。此地最大的土地领主是一位叫约翰·特纳的先生，他过去在澳大利亚赚了大钱，数年前刚回到故乡。他将名下的农场之一哈瑟利农场，租给了同样是从澳大利亚回来的查尔斯·麦卡锡先生，他们在澳洲殖民地时就认识了，因此他们返回定居时要尽可能地比邻而居，这就再正常不过了。显然，特纳更富裕些，于是麦卡锡就成了他的佃户。不过看起来他们关系一如往常，完全平等，还是经常在一起。麦卡锡有一个儿子，18 岁，特纳的独生女也是 18 岁，不过他们二人的妻子都已过世。他们好像一直避免和邻近的英国本土人家有任何交往，过着隐居的生活。不过麦卡锡父子喜欢运动，经常出现在当地举行的运动会上。他家还有两个仆人，一男一女。而特纳家的人要多些，至少六口人左右。这就是我了解到的这两个家庭的所有情况。另外还有些具体事实。

"6 月 3 日，也就是上周一，三点左右，麦卡锡离开在哈瑟利的家，步行去博斯克姆比水塘。这个水塘是由从博斯克姆比溪谷流出的溪流汇集而成的一个小湖。他上午和男仆一起去过罗斯一趟，还嘱咐仆人说一定要抓紧时间，因为他下午还有一个重要约会。可是他去赴约之后就再没能活着回来。

“哈瑟利农场距离博斯克姆比水塘有1/4英里的路程，他在走过这段路中间时有两个人见过他。一个是位老妇人，报纸上没提她的姓名；另一个是特纳先生雇的农场看守人，名叫威廉·克劳德。这两个人都宣誓作证说麦卡锡先生是一个人走过去的。那个农场看守人还说，几分钟后看到他的儿子詹姆斯·麦卡锡先生胳膊下夹着一杆枪沿着同一条路走了过去。他确信当时还能看得到这个父亲，也就说明儿子是在跟踪父亲！当时他没再多想，可是晚上就听到了这个惨案。

“在麦卡锡父子走出农场看守人威廉·克劳德的视野之后，还有人见到过他们。博斯克姆比水塘周围都是茂密的树林，只在水塘边上长着一圈杂草和芦苇。一个名叫佩兴斯·莫兰的14岁的女孩——她是博斯科姆比溪谷庄园看门人的女儿，当时正在那里的一片树丛中摘花。她陈述说，她在那里时看见麦卡锡和他儿子就在树林边靠近池塘的地方，当时他们好像发生了激烈的争吵。她听到老麦卡锡在大骂儿子，然后看到儿子举起手好像要打他父亲似的。他们吵得那么厉害，小女孩吓得赶紧跑开了，回到家时告诉她的母亲说是看到麦卡锡父子在博斯克姆比水塘边吵架，恐怕他们会动手打起来。她刚说了这几句，小麦卡锡就跑进房来，说看到他父亲死在树林里了，来向看门人求助。当时他很激动，身边没枪，也没戴帽子，右手和右臂袖子上有新鲜的血渍。他们跟着他到了那里，发现尸体躺在池边的草地上。死者头上被人用沉重的钝器连续击打，凹了进去。伤口有可能是用他儿子的枪托打的，那杆枪就扔在离尸体几步远的草地上。根据这些情况，这个年轻人当即就被逮捕，周二开庭审讯定案为‘蓄意谋杀’，周三交由罗斯郡地方法官审理，后又提交高层巡回法庭审理。这些就是由验尸官和刑事法庭提供的这个案子的大体事实。”

我说：“再没见过比这更该死的案子了。这个过程就是通过现场证据指认罪犯。”

福尔摩斯若有所思地回答道："现场证据有时会遮蒙人的双眼，有时它似乎会直接指向某个对象，不过你只要稍稍转变一下观点，就可能会发现它同样也可以明确地指向完全不同的一个方向。不过必须承认案情对这个年轻人非常不利，他也很可能真的就是凶手。不过周围还是有几个人相信他是无辜的，其中就有该地区土地领主的女儿特纳小姐，并且委托雷斯垂德来调查这个案子，为小麦卡锡辩护。你可能还记得雷斯垂德，他曾参与过“血字研究案”。雷斯垂德对此一头雾水，就向我求助。于是我们这两个中年人就不能再在家静静享用早餐，而以每小时五十英里的速度飞驰西来调查这个案子。"

我说："恐怕事实已很清楚，你很难再从这个案子里获得点什么了。"

他大笑着回答道："没什么比这种显而易见的事实更具有欺骗性了。况且，尽管雷斯垂德没有看出的一些事实，说不准我们会一眼就能看出来呢。你了解我，我的方法雷斯垂德根本用不了甚至理解不了，我会用自己的方法来证实或者推翻他的观点，这我绝对不是在吹牛。眼下就可以举个例子，我非常清楚你家卧室的窗子开在右手边，这点不言自明，而雷斯垂德先生就不见得能够注意到这点。"

"可你是怎么知道的？"

"哦，亲爱的伙计，我太了解你了，你保持着军人特有的爱整洁的习惯，每天早晨都会刮脸，在当前这个季节，你肯定会在阳光下刮。而你左侧脸颊越靠后刮得越不干净，在耳根附近就非常马虎了，很明显，这说明左侧光线不如右侧好。你这么爱整洁，要是在光线均匀的情况下把脸刮成这个样子，真的让人很难想象。我举这个小例子，只为说明一下观察推理过程，这正是我的特长，很可能对我们要进行的调查有些帮助。法庭传讯中提出的问题中也有这么一两个值得考虑。"

"什么问题？"

"看来他没有立即被捕，而是在回到哈瑟利农场后方才被捕。

当巡警官向他下达逮捕命令时，他却说对此并不奇怪，他是罪有应得。他的这段陈述自然会消除验尸陪审团心中尚存的任何疑虑。”

我忍不住说道：“他这是在坦白。”

“不对，因为随后有人声明说，他是清白无辜的。”

“在发生了这一系列令人发指的事件之际发表声明，这就不足为信。”

福尔摩斯说：“恰恰相反，这是眼下我在迷云中所能看到的最清楚的一线光亮，因为他就算是再单纯，也不会傻到看不出当前情况对他非常不利。要是他对被捕一事表示震惊或是装出愤慨的姿态，我都会认为这些声明完全不可采信，因为这种震惊或者愤慨在这种情况下都不正常，只是一个富有心计的人的策略；而他坦然接受当前的形势，表明他要么清白无辜，要么就是个自制力很强、意志特别坚定的人。至于他说自己罪有应得，你要知道，他说这话时就站在自己父亲尸体旁边。毫无疑问，他那天忘了自己做子女应该尽的孝道，和父亲争吵起来，甚至像小女孩提供的重要证据一样，还要动手打他父亲，想想这些，你就会觉得他这样说再自然不过了。可是我从他的自我谴责和悔悟中看出他是个心理健康的人，心灵并不邪恶。”

我摇了摇头，说：“很多人在证据比这少得多的情况下被执行了绞刑。”

“确实如此，不过许多都是被错杀的。”

“这个年轻人自己是怎么交代的？”

“恐怕会让那些支持他的人失望，不过还是有一两点能够说明点什么，这上面有，你自己读读吧。”

他从那团报纸中抽出一份赫利福德郡当地的报纸，翻过其中一页，指着一段话，其中有那个不幸的年轻人对所发生的事情的交代。我坐在车厢的一个角落里认真地读起来，报上这样写道：

死者独生子詹姆斯·麦卡锡先生出庭时证词陈述如下：“我曾经去布里斯托尔待了三天，上周一，也就是三号那天上午刚刚回家。到家时，父亲不在。女仆告诉我他和马车夫约翰·科布驱车到罗斯去了。就在我回家后不久，就听到他的马车驶进了院子，我从窗子里看到他下车后就快步走出了院子，不过我当时并不确定他去的方向。然后我带了枪，漫无方向地向博斯克姆比水塘走去，打算去池塘另一边的养兔场看看。确实如农场看守人威廉·克劳德证词中所述的那样，路上我看到了父亲，不过威廉误认为我是在跟踪我父亲，我当时并不知道父亲就在我前面。在距离水塘一百码左右的地方，我听到'库伊'的喊声，这是我们父子间常用的信号，于是我急忙往前赶，看到他就站在塘边。他当时看到我好像很惊讶，非常生气地质问我到那里做什么。由于父亲脾气很暴，我们接下来的谈话渐渐演变成了争吵，几乎就要动手了，我觉得他要控制不住火气了，于是转身离开他，往哈瑟利农场走回去。但是我走出不过一百五十码，就听到身后一声可怕的惨叫。于是我快速跑了回去，发现父亲躺在地上，奄奄一息，头部受到了重击。我扔掉自己的枪，把他抱在怀里，可他几乎就在那一瞬间没有了呼吸。我在他身边跪了几分钟，然后向特纳先生的看门人那里跑去求助，因为他的房子距此最近。回来后，在父亲尸身附近没有看到任何人，我也不知道他是怎么受伤的。他不是一个很招人喜欢的人，态度有些冷淡，有些令人难以亲近。但是据我所知，他并没有什么明显的敌人。这事我就知道这么多。"

验尸官："你父亲临终前有没有对你说过什么？"

目击证人："他含糊不清地说了几个词，我只模糊听着是'拉特'。"

验尸官："你认为这是什么意思？"

目击证人："我听不懂，我觉得他当时已经神志不清了，说的是胡话。"

验尸官："什么原因导致你和父亲最后一次争吵？"

目击证人："我不想回答这个问题。"

验尸官："请你务必回答。"

目击证人："我真的不能告诉你。不过我可以向你保证，这和之后发生的惨剧毫无关联。"

验尸官："这要由法庭作出裁决，我不用说你也应该知道，拒绝回答问题在将来提出上诉时会对你的案情相当不利。"

目击证人："我还是坚持拒绝回答。"

验尸官："我听说，'库伊'是你们父子间常用的信号？"

目击证人："不错。"

验尸官："那他怎么会在见到你之前甚至说还不知道你已从布里斯托尔回来的情况下喊出这个信号呢？"

目击证人(非常困惑地)："我不知道。"

陪审团成员："在你听到喊声回去发现父亲受重伤的时候，有没有看到什么可疑的东西？"

目击证人："我不确定有没有。"

验尸官："你这么说是什么意思？"

目击证人："我冲到那片空地时，脑子一片混乱，思想非常紧张，想到的只有我的父亲。不过我模糊地记得我向前跑去的时候左边地上有件什么东西，我记得好像是灰色的、外套之类的东西，也可能是件彩格呢大衣。在我从父亲身边站起来去寻找它时，却发现它已不见了踪影。"

"你是说在你去求救之前它就消失了？"

"是的，那时就已不见了。"

"你说不准那究竟是什么东西？"

"说不准，我只是觉得那里有件东西。"

"离尸身有多远？"

"大约十二码。"

"离林边有多远？"

"差不多的距离。"

"那么也就是说有人在离你十几码的地方把它取走。"

"是的，不过当时我正背向着它。"

对目击证人的问讯到此结束。

我看着那个专栏，说："我发现验尸官的总结陈词对小麦卡锡相当严厉，他理性地提醒公众注意小麦卡锡有关他父亲在看到他之前发出信号这一点与证人供词不一致之处，也提到他拒绝回答和父亲生前那段谈话的细节，以及讲到死者临终话语时所讲的奇怪的话。正如他所述，所有这些对这个儿子都非常不利。”

福尔摩斯轻声笑了笑，舒展身子靠在软席座椅上，说：“你和验尸官一样，都在竭力突出几个有力的要点来证实这个年轻人有罪。难道你没注意到？你们这样也是自相矛盾，一方面让人觉得他想象力太过丰富，一方面又让人觉得他太没有想象力。第一方面，他若是连编出一个和父亲吵架的理由来博得陪审团同情的能力都没有，也就说明他太没有想象力；而你们说他越出常轨，发自内心地编出所谓死者临终前说出‘拉特’、还有那件忽然不见了的衣服的说法，也就说明他的想象力太过于丰富。这样不对，先生。我假定这年轻人所述均为实情，从这一角度出发调查这个案子，让我们看看这能推衍出什么来。喏，我带了《彼特拉克诗集》袖珍本，你拿去看吧。在我们到达案发现场之前，我不想再提这个案子了。大概二十分钟我们就能到斯温登，我们在那里吃午饭。”

穿过景色秀丽的斯特劳德溪谷，越过波光闪闪、水面宽阔的赛文河，大约四点钟，我们来到了美丽的罗斯小镇。站台上，一个身材削瘦、行踪诡秘、貌似侦探的人正在等候我们。尽管他依照附近乡村习惯穿着浅褐色的风衣和紧腿裤，我还是一眼就辨认出他就是苏格兰场的雷斯垂德。然后，我们和他一起乘马车到赫里福德阿姆斯旅馆，他已为我们订好了房间。

在我们坐下来喝茶时，雷斯垂德说：“我雇了一辆马车，我知道，依照你精力充沛的天性，你不到现场是不会安心的。”

福尔摩斯说：“你考虑得真是太周到了，但去不去全看天气了。”

雷斯垂德愕然道：“你意思是？”

“温度表上是多少？29摄氏度，没有风，天上一丝云彩都没有。我要在这里抽上一包烟，这里的沙发不错，比普通乡村宾馆那些讨厌的设施要好得多。我想今晚就不用马车了。”

雷斯垂德放声大笑起来，说道：“你可能是通过报纸已经有了结论了吧，这案子案情再清楚不过了，你对此案越是深入越觉明朗。不过，一位女士要求你来调查这个案子，你当然不会拒绝。她不知道从哪里听说过你，想听听你对此案的看法。尽管我一再告诉她，我解决不了的案子你也办不了，可她还是坚持己见。啊，天哪，她的马车已到门口啦！"

他话音刚落，门口就冲进来一位年轻女士，我有生以来再也没见过比她更漂亮的女孩了。她蓝色的眼睛目光闪亮，双唇略张，两颊微露红晕，激动焦虑使得她把天生的矜持抛在了脑后。

"噢，夏洛克·福尔摩斯先生！"她打量了下我们两个人，最后凭借女人灵敏的直觉将目光定格在我的搭档身上，"很高兴您能亲身到来，我匆匆赶来就是为了告诉您，我知道詹姆斯不是凶手。我希望您开始调查时就了解这一点，请永远不要对此产生怀疑。我俩从小就彼此了解，没人比我清楚他的缺点，他这个人非常心软，连个苍蝇都不愿伤害。真正了解他的人都会认为这种控告实在太荒唐了。"

福尔摩斯回答道："特纳小姐，我希望我们可以为他洗清冤屈，请相信我，我一定会尽力的。"

"您肯定已经看过了证词，应该有些结论了吧？您没发现中间有些漏洞、缺陷吗？您不认为他是清白的吗？"

"我觉得他很可能是清白的。"

她把头往后一转，轻蔑地看着雷斯垂德，大声说："好啦！听到了吧！他让我看到了希望！"

雷斯垂德耸了耸肩，说："恐怕，我这位同事结论下得太轻率了点。"

"可他是正确的。噢！我知道他是正确的。詹姆斯绝没干过这种事，至于他和他父亲争吵的原因，我敢肯定，他之所以不愿对验尸官讲，是因为这牵涉我。"

福尔摩斯问："你是怎样牵涉其中的呢？"

"我不能再有任何隐瞒了。詹姆斯为了我，和他父亲有很大分歧，麦卡锡先生急切希望我们成婚，而詹姆斯和我从小感情就像兄妹一样；当然，他还年轻，还不大了解生活，而且……而且……呃，他自然还不想我们立即成婚。所以他们经常争吵，我想肯定这次也是为此争吵。”

福尔摩斯接着问：“那你父亲呢？他同意这门亲事吗？”

“他也反对，除了麦卡锡先生，没人同意。”听到这里，福尔摩斯怀疑地看了她一眼，她年轻鲜亮的脸庞霎时红了。

福尔摩斯说：“谢谢你提供的信息，我明天能登门去见见你父亲吗？”

“恐怕医生不会同意的。”

“医生？”

“是的，您没听说吗？我可怜的父亲多年来一直身体孱弱，经过此事他身体彻底垮了，卧床不起，威罗医生说他的健康严重受损，神经系统非常衰弱。麦卡锡先生生前是我父亲在维多利亚唯一的故交。”

“哈！在维多利亚！这非常重要。”

“是的，在矿场。”

“一点不错，在金矿场，据我了解，特纳先生就是在那里发的家。”

“不错，确实如此。”

“谢谢你，特纳小姐。你对我的帮助很重要。”

“如果明天您有任何消息，请立即告知我。您肯定会去监狱看詹姆斯的，噢，您要是去了，福尔摩斯先生，请务必告诉他，我知道他是清白的。”

“一定照办，特纳小姐。”

“我现在必须回家了，父亲病得非常严重，而且我离开他时他总是非常挂念。再见，愿上帝保佑您一切顺利。”和来时一样，她匆匆离开了我们的房间，很快我们就听到她的马车驶上了街道。

雷斯垂德沉默了几分钟后郑重地说：“福尔摩斯，我真替你感到羞愧，你为什么要给那些注定要失望的事情一些希望呢？我不是心软的人，可我还是觉得你这样太残忍了。”

福尔摩斯回答说：“我想我有办法为詹姆斯·麦卡锡洗清冤屈，

你有到监狱中探视他的手令吗？”

“有，但只限于你我两人。”

“那我就得重新考虑我之前做出的出行决定了，今晚我们还有时间乘火车去赫里福德见见他吗？”“时间很充裕。”

“那我们就去吧。华生，恐怕你会觉得时间过得很慢，不过我两三个小时就会回来。”

我和他们一起步行到火车站，然后在小镇的街上闲逛了一会儿，最后回到旅馆，躺在沙发上，拿起一本黄皮的小说，来作为消遣。小说简单的情节和我们正在调查的神秘案件比起来很肤浅，我的注意力老是从小说转移到这一事件上来，最后我干脆把小说丢得远远的，全面考虑起当天的事件来。假设这位不幸的年轻人所述完全属实，那么，在他离开他父亲到听到父亲尖声喊叫而冲回那片林间空地之间的这段时间里，又发生了什么可怕的事情，发生了什么完全出乎意料的离奇灾祸呢？这事肯定非常恐怖，并且一击致命。那又会是什么呢？我行医的直觉会让我从死者伤口上看出点什么吗？我拉铃叫人送来一份本县的周报，上面逐字逐句地登载着当时的审讯记录。法医的尸检证明上写着：死者脑后左侧第三块顶骨以及枕骨左半侧因受钝物重击而破裂。我在自己头部比画被重击的位置，很显然死者是从背后受到袭击的。这在某种程度上对被告有利，因为有证人看见他和他父亲是面对面争吵的。不过，这说明不了多少问题，死者也有可能是在转身时被打死的。可还是应该提醒福尔摩斯注意这一点的。另外特别的一点是死者临终前提到“拉特”，那又是什么意思呢？这不可能是精神昏迷时的呓语，一个突然受到重击濒临死亡的人是不会出现这一现象的。不，这更像是想说明他是如何遇害的。可那又说明什么呢？为找到合理的解释，我简直绞尽了脑汁。还有就是小麦卡锡看到的那件灰色衣服，如果这一情况属实，那肯定是凶手逃离现场时丢掉的衣服，很可能是外衣，而且他居然敢在小麦卡锡跪下去的瞬间，在离他背后不过十几步远的地方把衣服取走。整个案情是多么错综复杂不可思议啊！对于雷斯垂德的观点，我倒一点也不感到奇怪。但是基于我对福尔摩斯洞察力的信任，只要能找到新的事实来证实他对小麦卡锡清白的论断，我都会充满希望的。

福尔摩斯回来时已经很晚了，雷斯垂德在城里住下了，他是一个人回来的。

他坐下来时说："晴雨表的水银柱还是很高，希望在我们查看现场之前不会下雨，这非常关键。另外，对于这样一桩理想的案子，你必须拿出最出色、最激情的状态。同时，我也不愿意查案前还要经受一番泥泞跋涉之苦。我今天见过小麦卡锡了。"

"从他那里你有什么收获吗？"

"什么也没有。"

"他就不能为自己辩白吗？"

"一点也没有，我一度以为他知道谁是凶手，还看到了凶手的面貌，不过现在我确信他和其他人一样对此一无所知。这年轻人尽管长得很清秀，感觉心里还算明智，不过反应不是很快。"

我回答说："如果他真的不愿娶像特纳小姐这么迷人的小姐的话，我对他的品味还真不敢恭维。"

"呃，这里面还有个惨痛的故事呢。其实这个小伙子爱她爱得发狂，可是大约两年前，那时他还懵懂无知，而恰恰女孩离家到一所借宿学校去学习五年，他没能真正了解女孩的想法。谁曾想，这个傻瓜竟然被布里斯托尔的一个酒吧女郎缠住，并且还和她在婚姻登记所登记结了婚。别人对此事都一无所知，不过你完全想象得出他干了这件傻事后是多么的抓狂，要知道他可是做了明知道绝不可行的事，而没有做他显然应该去做的事情。这让他彻底狂躁了，在他父亲最后一次和他晤面并又一次催促他向特纳小姐求婚时，出现了他向父亲挥舞双臂的场面。并且，他无力养活自己，而他父亲又是个非常严格的人，一旦知道真相肯定会彻底不管他的。事发前三天，他到布里斯托尔和那个做酒吧女郎的妻子待在一起，而他父亲并不知道他身处何处。记住这点，这事关重大。不过事情突然有了转机，那个酒吧女从报上看到他麻烦重重，有可能被判绞刑，就彻底抛弃了他。她给他写信说，她本是有夫之妇，丈夫在百慕大码头工作，所以他们之间并不存在真正的夫妻关系。我想这一消息对深受烦扰的小麦卡锡还算是一个安慰。”

“可要是他清白无辜，又会是谁干的呢？”

“啊，谁？我要提醒你注意两点：一是受害者到水塘边肯定是去约见某人，而这个人绝不是他的儿子。因为当时他的儿子不在家里，而他并不知道儿子何时返回。二是受害人在知道儿子回来之前，有人听到他喊过‘库伊！’这两点对此案至为关键。好了，现在要是你乐意，咱们就谈点有关乔治·梅瑞狄斯作品的事儿吧，所有的小问题都留到明天再解决吧。”

正如福尔摩斯预言的一样，当晚没有下雨，破晓时也万里无云。九点钟，雷斯垂德乘马车来到旅馆，然后我们就动身驶向哈瑟利农场和博斯科姆比水塘。

路上，雷斯垂德说：“今天早晨收到一个危急的消息，据说庄园的特纳先生病情严重，已危在旦夕。”

福尔摩斯问：“那他年龄很大了吧？”

“60岁左右，但他在国外的生活使他身体垮了，长时间以来他一直身体虚弱，而此事对他打击很大。他和麦卡锡交友多年，并且要补充一句，据我所知，他把哈瑟利农场免费租给麦卡锡先生，从这点上看，他还是麦卡锡的一个大恩人呢。”

福尔摩斯接口道：“真的吗？这倒有意思。”

“噢，是真的！他还千方百计地去帮助麦卡锡，当地所有人对于他对麦卡锡的友善都是无不称道。”

“果真如此？可是你不觉得有点奇怪吗？这位麦卡锡先生一无所有，受了特纳先生如此多的恩惠，却还是要他的儿子去娶特纳先生的女儿，也就是特纳先生全部产业的继承人。并且态度还非常骄横，好像是他一旦提出别人都得必须遵从似的。更奇怪的是，我们知道特纳先生本人是反对这场婚姻的，这些都是特纳的女儿告诉我们的。从这些方面你没推断出点什么来么？”

雷斯垂德向我使了个眼色，说：“我们已经演绎推理过了，福尔摩斯，我觉得光是调查事实就已经很困难了，更别说去凭空臆测了。”

“你说得太对了，”福尔摩斯假装一本正经地说，“你确实感觉调查事实太困难了。”

听到这里，雷斯垂德有些激动，回答说：“不管怎么说，我已经掌握了一个你很难掌握的事实。”

“那就是——”

“老麦卡锡死于小麦卡锡之手，其他反面的说法均是像水中捞月一样的妄想。”

福尔摩斯听后，笑着说：“能妄想总比一头雾水强。呃，要是没搞错，我想左手边就是哈瑟利农场了吧。”

“不错，就是。”

那是一所占地面积很大、挺舒适的二层小楼，石板瓦顶，灰色的墙上长着大片黄色苔藓。不过，楼里窗帘低垂，烟囱无烟，一副苍凉的样子，仿佛这次事件的恐怖气氛还深深地笼罩着这座庄园。我们叫开了门，应福尔摩斯要求，庄园的女仆让我们查验了她主人死亡时穿的靴子；还看了一双他儿子

的靴子，不过这不是他事发当天穿的那双。福尔摩斯通过七八个不同方位反复打量了一番这些靴子，之后要求女仆领我们走进农场庭院，然后我们沿着一条弯弯曲曲的小路走到博斯科姆比水塘。

一旦福尔摩斯沉迷于这种探查时就像完全变了一个人。那些只熟悉贝克大街那个沉默寡言的思考者、逻辑推理家的人，此刻会完全认不出他来。他脸色一会儿涨得通红，一会儿阴沉得发黑，双眉皱成两道粗粗的黑线，眉毛下的双眸闪着坚毅的光芒，脸一直朝下，双肩向前弓着，双唇紧闭，细长坚挺的脖子上青筋突出，形同鞭结；鼻孔张开，恰似一只追捕猎物的野兽一般。此时他完全专注于案件调查，对别人的任何问题或是谈话都置若罔闻，至多急促而不耐烦地、态度粗暴地回复两句。他默不做声，沿着小路快步向前，穿过一片草地，然后经过树林来到博斯科姆比水塘边上。那是一片沼泽地，地面潮湿，整片地都是如此。地面上有很多脚印，小路上还有，路边两侧长满短草的地面上也有许多。福尔摩斯时而走得很快，时而停下来一动不动。还有一次，他稍微绕了一下到草地里去看了一下。雷斯垂德和我跟在后面，这个官方侦探一副冷漠蔑视的态度，而我呢，兴致勃勃地注视着我搭档的一举一动，我深信他每个行为肯定都有他的目的。

博斯科姆比水塘水域面积不大，方圆大约五十码，周围长满芦苇，正处于哈瑟利农场与富人特纳先生的私家花园之间的边界上。水塘对岸绕着一丛树林，树林顶上露出一幢房子的红色尖顶，那里是有钱的庄园主特纳先生的住址。靠着哈瑟利农场这一侧水塘的树林里，树木很茂密；在林子边到水塘边上那片芦苇丛之间，有一块被水浸湿的草地，大约二十步宽。雷斯垂德把发现尸体的确切位置指给我们看，那里地面潮湿，时至今日我依然可以清楚地看出死者倒下后留下的痕迹。而我从福尔摩斯脸上热切的表情和锐利的目光可以看出，这片满是脚印的草地对于他来说意味着更多的线索。他就像追寻气味的猎犬一样跑了一圈，然后转向雷斯垂德，问道：“你去水塘里干什么去了？”

“我用草耙四处捞了一下，我想也许能找到某种凶器或其他什么痕迹。但是，谁知道——”

“得啦得啦！我没时间听你絮叨！这里到处都是你向里走时左脚留下的脚印，一直到芦苇那边才消失，就是视力不好的鼹鼠也能看得见。唉，要是我之前来的话一切会变得多么简单啊！他们来过这里，踩得就像一群水牛在这里打过滚一样！农场看守人领着那帮人就是从这里走过来的，尸体周围六到八英尺的地方布满了他们的脚印。不过，这里有三对脚印和那些不同，是同一个人的脚印。”他掏出放大镜，在防水油布上趴下来以便看得更清楚，不停地自顾自地说着话，“这些是小麦卡锡的脚印，他来回过两次，其中一次跑得很快，脚掌的痕迹很深，而脚跟的痕迹几乎看不清。这可以证实他讲的是实话，他看见父亲倒在地上就赶快跑过来。呃，这些是他父亲踱来踱去留下的脚印。那，这是什么呢？是儿子站着听父亲说话时枪托顶端着地的痕迹。这个呢？哈，哈！这是什么痕迹呢？是脚尖！脚尖的！还是方头，这可是很不寻常的靴子！这些是走过来的，这些是离开的，这是又走回来的——自然是回来取大衣了。那这些脚印是从哪里来的呢？”他来回地查看，有时脚印不见了，有时又出现了，一直追寻到树林边上一棵大山毛榉（附近最大的一棵树）的树荫底下。福尔摩斯继续向前追寻，一直追到水塘对岸，然后再一次趴到地上，得意地轻轻喊了一声。他在那里待了很久，翻找着树叶和枯枝，将一些看似尘土的东西装进信封。他用放大镜仔细地查看，不只检查地面，就连他能够得着的树皮也细细看过。苔藓中间的一块锯齿状的石头，他也仔细查看过，并且装了起来。然后他顺着小道穿过树林，一直走到马路上，在那里所有踪迹都消失不见了。

这时，他才恢复了常态，说：“这案子相当有意思。我猜右手边上这所灰色的房子一定就是农场看守屋，我要到那里找莫兰说句话，也许给她留个便条。完了我们就坐马车回去吃午饭。你们先到马车那里等我，我随后就到。”

大约十分钟后我们三人在马车那里聚齐，然后就驾车返回罗斯，福尔摩斯还带着他在树林里捡到的那块石头。他取出石头，说：

“雷斯垂德，你也许会对它感兴趣，这就是杀人凶器。”

“我可看不出上面有什么痕迹。”

“根本就没有痕迹。”

“那你是怎么知道这是凶器的？”

“这块石头底下的草依然活着，说明它扔在那里不出几天时间。而附近看不出石头是从哪里取来的，说明是从远处带来的。它和死者的伤痕正好相符，除它之外没有任何凶器的迹象。”

“那凶手呢？”

“是个高个子男人，左撇子，右腿有点跛，脚穿后跟很高的狩猎靴，身穿一件灰色大衣。他抽印度雪茄，使用烟嘴，口袋里装着一把很钝的小刀。还有其他一些迹象，不过也许这些就足以帮助我们进行侦查。”

雷斯垂德笑着回答说：“我还是保持怀疑。你的理论头头是道，不过我们要说服的是那些顽固的陪审团成员，光理论是不够的。”

福尔摩斯回应道：“我们知道。你用你的方法，我按我的套路。今天下午我会很忙，有可能要乘晚班火车返回伦敦。”

“案子就不破了？”

“不，案子已经破了。”

“可疑团呢？”

“已经解决了。”

“那罪犯是谁？”

“我所描述的那位先生。”

“可，是谁呢？”

“要找出他肯定不是很难，附近没有多少居民。”

雷斯垂德耸了耸肩说：“我是个讲求实际的人，我不可能在这一带到处乱转去搜寻一个左撇子的瘸腿先生，那样的话我会成为苏格兰场的笑柄的。”

福尔摩斯平静地回答说：“好啦，我已经把机会给你了。你的住处到了，再会。我离开之前会给你留便条的。”

将雷斯垂德放在他的住处后，我们驾车返回了旅馆，到旅馆时，午餐已经摆到桌上了。福尔摩斯一声不响，陷入沉思之中，脸上流露出痛苦的表情，似乎他遇上了窘困的境地。

餐桌清理完毕之后，他开口说："华生，听我说……你就坐在那里，听我唠叨几句。我拿不准应该怎么办才好，我要听听你的意见。点上支雪茄吧，听我详细说说。"

"请说吧。"

"唔，我们在考虑这个案子的案情时，在小麦卡锡的供述中有两点当即就引起了你我两人的注意，尽管我是从对他有利的角度考虑，而你是从对他不利的角度考虑。第一点就是据他讲，他父亲在看到他之前就喊出了'库伊'；第二点是，死者临终前曾提到过'拉特'，他含糊不清地说了几个词，而他儿子就听出了这一个。我们必须从这两点出发来研究整个案情。我们开始不妨假定这个小伙子讲的全部属实。"

"那，这个'库伊'是什么意思呢？"

"显然，这不是冲他儿子喊的，他以为当时他儿子正在布里斯托尔。很可能他儿子完全是出于偶然听到这个词的。死者当时喊'库伊'应该是在招呼那个他要约见的人，而'库伊'显然是澳大利亚人使用的一种叫法，并且是澳大利亚人相互之间使用的叫法。因此我们完全可以推测，麦卡锡要在博斯科姆比水塘会见的这个人是一个曾去过澳大利亚的人。"

"那'拉特'又是什么意思呢？"

福尔摩斯从口袋里取出一张折起来的纸，在桌上铺开，说："这是一张维多利亚殖民地的地图，我昨晚打电报到布里斯托尔把它要来的。"他用手指着地图上的一个地方说："你念一下。"

我照着念道："阿拉特。"

他抬起手来，说："再念。"

"巴勒拉特。"

"正是如此，这就是死者说出的词，可他儿子只听到了最后两个音节，他当时是想竭力把凶手的名字说出来——巴勒拉特的某某某。"

我赞叹道："推理得真棒！"

"这些都显而易见。如此一来，你瞧，我就把调查范围大大缩小了。如果承认死者儿子的话是真实的，那第三点就完全可以肯定了，那就是此人有一件灰色大衣。到此为止，我们从最初的一头雾水已经开始明确凶手是个来自巴勒拉特、拥有一件灰色大衣的澳大利亚人。"

"毫无疑问。"

"并且此人对本地非常熟悉，因为要来这个水塘必须经过农场或者庄园，而陌生人是不可能进来的。"

"确实如此。"

"因此我们今天长途驱车去了现场，通过查看场地我了解到了案情的一些细节，我已经把案犯的主要特征告诉了雷斯垂德那个傻瓜。"

"你是怎么了解到那些细节的？"

"你熟悉我的查案方法，是靠观察细枝末节了解到的。"

"关于案犯的身高，我想你是通过他步子的长度判断出来的，他的靴子也可以通过脚印推断出来。"

"不错，那靴子很特别。"

"但你是怎么看出他是个跛足的呢？"

"他所有的右脚印都不如左脚印清晰，可见右脚着力较小。为什么会这样？因为他走路时一瘸一拐，是个跛足。"

"那怎么说明是个左撇子呢？"

"你应该注意到审讯中法医对死者伤痕的叙述，那一击是紧靠着他背后打出的，并且是打在脑后左侧。那么，要不是个左撇子，又怎么才能做到这个呢？在父子两人交谈时，此人一直站在树后，还在那里抽过烟。我在那里找到了雪茄烟灰，我对烟灰做过专门研究，能够认出那是一种印度雪茄。你知道，我曾经花过很大精力研究这个，还写过专题文章解释一百四十种不同的烟斗烟丝、雪茄和卷烟的烟灰。发现烟灰后，我继续在四周寻找，在苔藓里找到了他扔在那里的烟头，那是一种印度雪茄，和在鹿特丹卷制的雪茄同属一类。”

“那雪茄烟嘴呢？”

“我发现烟头没在嘴里叼过，可见他是使用烟嘴的。雪茄尾端是用刀切开而不是咬开的，不过切口不大整齐，因此我推断他有一把很钝的小刀。”

听了这些，我说：“福尔摩斯，你已经在案犯身边布下了罗网，他逃不掉啦。你还拯救了一个无辜的人的性命，成功地将套在他脖子上的绞绳剪开，把他救了出来。我感觉一切都在朝着这点发展。可罪犯是——”

正在此时，旅馆侍者推开我们起居室的门，带来一位访客，喊道：“约翰·特纳先生前来拜访二位。”

进来的人体形不同常人，让人过目不忘，他行动缓慢，一瘸一拐，双肩下垂，显得老态龙钟，不过他皱纹深陷、坚定严肃的脸庞和粗壮的四肢表明他有着异乎常人的性格和体力。他胡须弯曲，头发花白，眉毛下垂，显示出他威严的气度。然而，他脸色灰白，嘴唇鼻翼颜色发暗，我一眼就能看出，他患有不治之症。

福尔摩斯彬彬有礼地说：“请在沙发上就座。你收到我的便条了？”

“是的，看门人把便条交给了我，你便条上说希望在这里见我，以避免别人说闲话。”

“我想，我要是到你庄园去肯定会惹得人们纷纷议论的。”

“你为什么要见我呢？”他目光中流露出疲倦、绝望的神色，打量着我的搭档，仿佛问题已经有了答案似的。

福尔摩斯说：“是的。”没有回答他的问题而直接回应了他的眼色，“我知道麦卡锡案的一切。”

老人两手掩面，喊道：“上帝保佑！可我不会让这个年轻人受到伤害的。我保证，如果巡回审判法庭宣判他有罪，我会站出来说话的。”

福尔摩斯严肃地说：“很高兴能听到你这么说。”

“要不是为我可爱的女儿着想，我早就说出来了。这会让她非常伤心的——她要是听说我被捕会非常伤心的。”

福尔摩斯接口道：“可能还不至于被捕。”

“什么？”

“我不是警探，我知道，是你女儿把我请到这里来的，我要维护她的权益。但是小麦卡锡必须无罪释放。”

老特纳回答说：“我是个要死的人了，我患糖尿病已有多年。医生说我可能还有不到一个月的时间了。但是我不想死在监狱之中，我要在家里离开人世。”

福尔摩斯站起身来，走到桌子旁边坐下，拿起一支笔，面前摆好一沓纸，说：“你只需告诉我事实的真相，我把它记录下来，你签上字，华生作为见证人。那样，以后在要拯救小麦卡锡万不得已的时候，我会出示你的自白。我答应你，除非绝对必要，否则我不会使用它的。”

老人说：“这样也好，我能不能活到巡回审判法庭开庭都还是个问题，所以这对我来说关系不大，我只是不想让爱丽丝遭受打击。现在我一定向你坦承一切，事情过程很长，不过讲出来倒用不了多长时间。

“你不了解这个死了的麦卡锡，他就是恶魔转世。这是实话，但愿上帝保佑你们不会让他这样的人抓住任何把柄。这二十年来，他一直抓住我不放，他毁了我的一生。我首先告诉你我是怎么落到他手里的。

“那是在十九世纪六十年代初期，我还在挖矿的时候，当时我年轻气盛，也不太安分，什么都想去做；我和几个坏人结成了一伙，饮酒作乐，挖矿不成，却落草当了强盗。我们一伙六人，狂野不羁，不时抢劫车站还有去矿场的马车。我当时号称‘巴勒拉特的黑杰克’，现在在那个殖民地，还有人记得我们这个‘巴勒拉特帮’。

“一天，一个护卫队护卫一批黄金从巴勒拉特到墨尔本去，我们在路上伏击。护送队有六个骑兵，我们也是六个人，可以说实力接近，不过我们第一轮开枪就把四个骑兵打下马来。然而我们还是死了三个人才把那笔钱抢到手。我用手枪对着马车夫的脑袋，他就是这个麦卡锡。老天！当时我真该一枪打死他！当时我发现他眯缝着鬼眼睛一直盯着我看，仿佛要记住我的一切面部特征。尽管如此，我还是饶了他一命。我们得到那批黄金，成了富人，来到英国也没有受到任何怀疑。在英国，我和那些老伙计分道扬镳，各走各的路，我决心安分下来，过体面的生活。恰好当时这份产业正标价出售，我就把它买了下来，想用钱做点好事，来弥补一下我抢劫时所犯的罪恶。我还结了婚，尽管妻子年轻时就已离世，却给我留下了可爱的小爱丽丝。哪怕她还是个婴儿，可她的小手把我引上了正道，从来没有任何东西对我如此有效。总之，我悔过自新，竭力弥补我过去的罪恶。所有的都在好转，可就在这时麦卡锡却扼住了我。

“当时我为一项投资去了城里，就在摄政街遇见了他，他当时衣不蔽体，连双鞋子都没有。

“他拽住我的胳膊，说：‘又见面了，杰克。你收留我吧，我就父子俩，我们会亲如一家的。否则——英国可是个法制国家，只要一喊，警察就会来的。’

“他们就这样随我来到了西部乡村。从此我再也摆脱不开这个恶魔，他们在我最好的土地上生活，租金全免。我再无宁日，不得安生，走到哪里都能看到他奸诈的笑容。随着爱丽丝一天天长大，情况变得越来越糟，因为他很快发现，我害怕爱丽丝知道我的过去，比被警察知道都害怕。于是，不管什么只要他想要就得弄到手，而只要他要，我都会毫无异议地给他，土地、金钱、房子……直到最后他提出一个我再也不能让步的要求，他要我的爱丽丝。

“你知道，他儿子已经大了，我女儿也成人了。大家都知道我身体不好，他企图让他儿子插手我的整个产业。这事我是坚决不干的，我绝不会让他那邪恶的血统和我的混在一起；我并不是讨厌那个小伙子本人，不过他身上流着他老子的血，这就坚决不行。我坚决反对，麦卡锡又来威胁我，我对他说，就算他使出最毒辣的手段来，我也不在乎。最后我们约定到两家房子中间的水塘附近谈谈。

“我到那里时，看到他在跟他儿子谈话，于是我在一棵树后抽了一支雪茄等他，等他一人时我再出去跟他谈判。但我听了他的话，简直愤怒到了极点。他强烈要求他儿子娶我女儿，根本就不考虑我女儿的意见，好像她就是站街妓女似的。一想到我和我最亲爱的女儿要受这么一个人挟制，我简直就要疯了。我就不能打开他的挟制？我是个要死的人了，已经没什么希望了，尽管我头脑还算清晰，四肢还很健壮，可我知道我这一生就快走完了。可我过去的丑事还有我的女儿怎么办？只有让这张邪恶的嘴永远闭上，这两个才都能保全。于是，福尔摩斯先生，我就杀了他。要是再来一次，我还会这样做的。我罪孽深重，一辈子活受罪是我的报应。但要把我女儿卷入进来，我万难忍受！我把他打倒在地，就像击打一头凶恶的禽兽一样，良心上没有丝毫的不安。在他儿子听到他的叫声赶回来之前，我藏进了树林。逃跑时，我不慎丢了大衣，又不得不回去把它取了回来。先生们，这就是全部的事实真相。”

老特纳在记录下来的自白书上签了字，福尔摩斯开口说：“好啦，对你的审评不该由我来做。我只希望，我们永远不要有这样的邪念。”

“但愿如此，先生，你打算如何处理此事？”

“考虑到你的身体状况，我不会采取任何措施。你也知道，不久之后，你就会为你的所作所为受到比巡回审判法庭更高的命运的审判。我会把你的自白保存好，一旦麦卡锡被判有罪，我只能出示它。如果不被定罪，任何人也不会见到它；还有你的秘密，无论你是生是死，我们都会保密。”

福尔摩斯名言警句

教育是没有止境的，华生。课程一门接一门，精益求精，这件案子很有启发性。

那老人一脸严肃，说：“那么，再会。将来，你们临终之时要是想到曾经让我安宁离世，你们也会安然的。”说完后，这个魁梧的身影步履蹒跚地离开了我们的房间。

福尔摩斯沉默良久，说：“上帝啊！为什么老天总要捉弄那些贫苦无助的可怜人呢？每听到这种案子，我都能想到巴克斯特的话，‘福尔摩斯破案全赖上帝保佑。’”

福尔摩斯写了一些有力的申诉意见，提供给了詹姆斯·麦卡锡的辩护律师，最后他在巡回法庭上被宣告无罪释放。七个月之后，老特纳去世。我们可以看到将来那一对仇家的子女幸福地生活在一起，他俩谁也不知道他们的生活曾经笼罩着那样一片乌云。